ANJA STÜRZER

SOMNIAVERO

EIN ZUKUNFTSROMAN

ILLUSTRATIONEN VON
JULIA DÜRR

Oldib Verlag

„Somniavero" wurde von der Deutschen Akademie für Kinder- und Jugendliteratur e.V. als Klima-Buchtipp des Monats Februar 2012 und mit dem Nachwuchspreis 2012 ausgezeichnet.

© Oldib Verlag, Essen 2021
Neuauflage.

Oldib Verlag Oliver Bidlo
Waldeck 14
45133 Essen
www.oldib-verlag.de

Illustrationen: Julia Dürr
Druck und Herrstellung: BoD, Norderstedt

ISBN 978-3-939556-85-5

Mit freundlicher Genehmigung des Mixtvision Verlag aus München.

INHALT

Jochanan

Gestrandet
in der Vergangenheit

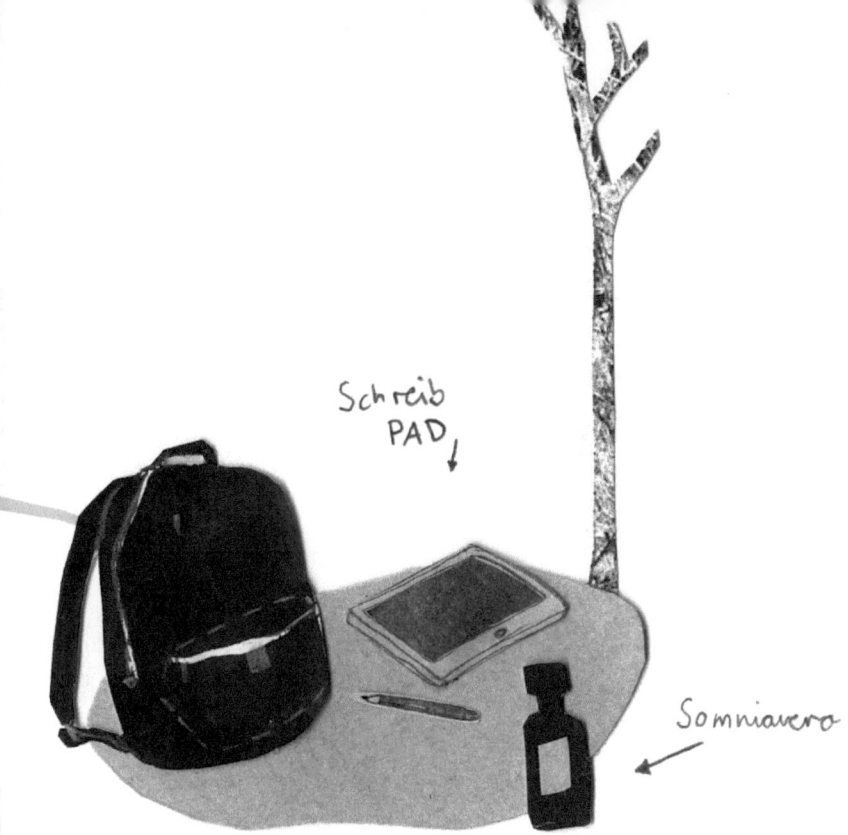

Schreib PAD

Somniavero

,Juli 2031, Tag 15 unserer Zeitreise.

Wölfe sind groß, viel größer als man denkt. Sie haben gelbe Augen und starren einen an, dass man Angst kriegt, wenn man sie aus der Nähe sieht.'

Jochanan kaute an seiner Lippe, drehte das Schreibpad gerade und musterte die krummen, leuchtenden Buchstaben, die er gerade fabriziert hatte. Dann drückte er auf den Enter-Knopf. Die krakelige Schrift ruckelte, richtete sich in Form, verblasste. Schönschreiben war die Pest. Nur gut, dass es das Pad gab!

Wieder hob er den E-Stift. ‚Mama sagt, ich muss alles aufschreiben, was ich erlebt habe, damit ich davon erzählen kann, wenn wir wieder zurück sind. Zurück in der Zukunft, sozusagen. Ist schon komisch, so eine Zeitreise ...'

Ein Sonnenstrahl fiel auf das Pad und blendete ihn. Was noch komisch war, überlegte Jochanan, das waren seine Eltern. Da saß er nun hier in der schönsten Sommerhitze, die vor hundert oder so Jahren geherrscht hatte, und anstatt in einem der vielen Seen zu baden oder wenigstens auf dem nahe gelegenen Abenteuerspielplatz herumzuklettern, musste er diesen blöden Reisebericht schreiben. Das hätte er doch genauso gut zu Hause machen können.

Jochanan warf einen Blick auf den hohen Zaun, der das Gehege vor ihm umgab. Der Wolf, der ihn eben noch angestarrt hatte, war verschwunden. Jochanan seufzte. Wenn er seinen Bericht jetzt fertig schrieb, kam er vielleicht morgen darum herum. Am letzten Urlaubstag wollte er ausnahmsweise einmal faul sein. Zumal seine Eltern versprochen hatten, dass sie ans Meer fahren würden. Ergeben beugte Jochanan sich wieder über das Pad.

‚Heute haben wir einen Wildpark besucht, wo es ein Rudel zahmer Wölfe hinter einem Zaun gibt. Hier ist ein Foto.'

Mit einem Knopfdruck lud er das Bild hoch.

Darunter krakelte er: ‚Papa sagt, früher gab es überall auf der Welt Wölfe und andere wilde Tiere, so wie hier in der Ukermak.' Sein Pad blinkte und verbesserte: ‚Uckermark.' Jochanan zog eine Grimasse und schrieb weiter:

‚Die Wölfe leben im Wald – wie im Märchen. Hier in dieser Zeit gibt es ...'

„Was schreibst du denn da?"

Erschrocken sah Jochanan auf. Neben ihm stand ein fremder Junge und sah ihm neugierig über die Schulter. Er war blass und rotblond und trug eine Brille. Hastig schaltete Jochanan das Pad aus. Genau wie das neue Holo-Game und das Lasermesser durfte er es auf der Reise eigentlich nur verwenden, wenn keine Gefahr bestand, dass irgendjemand aus dieser Zeit zusah.

„Cooles Teil", sagte der Junge anerkennend. „Vor allem die Leuchtbuchstaben! Und die Rechtschreibfunktion. Könnte ich auch gebrauchen! Willst du was über die Wölfe wissen?"

9

„Was denn?", hörte Jochanan sich fragen und hätte sich im selben Moment auf die Zunge beißen können. Das war dumm. Er sollte doch nicht mit anderen Kindern reden. Keine Kontakte mit irgendwelchen Leuten!, hatte der Reiseführer ihnen immer wieder eingeschärft. Sonst lief man Gefahr, die Zukunft zu verändern und vielleicht nie mehr nach Hause zurückzukommen.

Jochanan konnte sich zwar nicht vorstellen, wie ein harmloses Gespräch die Zukunft verändern sollte, aber man konnte ja nie wissen. Hilfe suchend sah er sich um, doch Mama und Papa waren nirgends zu sehen. Stattdessen drängte sich unversehens eine ganze Gruppe Kinder unterschiedlichen Alters lärmend vor dem Wolfsgehege.

„He, Merlin", rief ein Mädchen, „wo ist denn jetzt dein Wolf?"

„Kommt mit!", antwortete der Junge neben ihm. „Ich zeig ihn euch!"

Die ganze Horde stürmte auf den Zaun zu. Zögernd schloss Jochanan sich den fremden Kindern an. Wenn Mama ihn dabei erwischte ...

Der Junge namens Merlin schlüpfte unter der Absperrung durch, die den Zaun vom Zuschauerbereich trennte. Er legte die Hände vor den Mund und gab ein lang gezogenes, klagendes Heulen von sich.

„Und was soll das jetzt?", fragte das Mädchen.

„Abwarten!"

Sie warteten. Nichts geschah. Jochanan wollte sich schon abwenden, als plötzlich ein hellgrauer Wolf völlig lautlos aus dem Gebüsch trat. Ganz dicht vor ihnen blieb er stehen und sah sie durch den Zaun hindurch an.

„Das ist Diva", sagte Merlin. Seine Stimme klang zärtlich und fast ein bisschen stolz. „Sie ist zwei Jahre alt."

„Woher weißt du das?", fragte Jochanan. Er war so neugierig, dass ihm das Verbot, mit den anderen Kindern zu reden, völlig egal war.

„Mein Vater hat sie mit der Flasche aufgezogen, bei uns zu Hause. Na ja, die ersten Wochen. Danach war sie im Zoo. Und jetzt ist sie hier, weil sie Junge kriegen soll. Guck mal, siehst du den weißen Fleck auf der Nase?"

Tatsächlich, da war ein Fleck! Jochanan war neidisch. Er hätte auch gern mal einen Baby-Wolf gehabt. Oder überhaupt ein Tier.

„Behaltet ihr die Jungen?", fragte er.

„Quatsch. Das geht nicht. Wölfe sind wild, die werden nie richtig zahm."

Merlin zog ein Stück blutiges Papier aus seiner Hosentasche und wickelte etwas aus, das verdächtig nach totem Tier aussah. In dieser Zeit aß man so was, erinnerte Jochanan sich. Fleischessen war normal. Er schüttelte sich innerlich. Niemand in seiner Zeit würde auf die Idee kommen, Tiere zu essen. Nicht nur, weil es gar nicht genug Futter oder sauberes Wasser gab, um irgendwelche Nutztiere zu ernähren. Sondern auch, weil lebendige Tiere etwas ganz Besonderes waren. Nur das Pack draußen vor der Mauer würde sie töten und essen. Darum gab es dort ja auch keine Tiere mehr.

Angewidert besah Jochanan sich das rohe Stück Fleisch in Merlins Hand. Es roch unangenehm. „Willst du das wirklich essen?", fragte er.

„Quatsch", antwortete Merlin und warf den Brocken über den Zaun. Mit einem hohen Satz schnappte die Wölfin sich den Leckerbissen und verschwand im Laufschritt ins Gebüsch.

In diesem Moment spürte Jochanan eine Hand auf seiner Schulter, die ihn sanft, aber bestimmt von den anderen Kindern wegzog. Mama war nicht erfreut. „Kann man dich nicht mal fünf Minuten aus den Augen lassen, ohne dass du Blödsinn

14

machst?", schimpfte sie leise. „Nicht mal aufs Klo gehen kann man. Wie oft habe ich dir gesagt ..."

Ja, ja, dachte Jochanan.

„... kein Kontakt zu den Kindern! Komm mit."

Sie gingen ans andere Ende des Geheges zurück zu ihrer Gruppe. Mama setzte sich neben Jochanan auf eine Bank und seufzte. „Du weißt doch, was der Edukator von dir erwartet, Jochanan. Sei vernünftig. Bitte schreibe diesen Bericht fertig. Und zwar auf Papier! In Ordnung?" Damit stand sie auf und ging wieder zu Papa hinüber, der zusammen mit Onkel Leon und Tante Hannah vor dem benachbarten Wildkatzengehege stand.

Mürrisch zog Jochanan einen nagelneuen Zettelblock und einen altmodischen Bleistift aus seinem Rucksack. Mama nahm immer alles so genau. Manchmal war es wirklich blöd, eine Mathematikerin zur Mutter zu haben! Als sie ihm den Rücken zuwandte, schaltete er heimlich das Pad wieder ein und ergänzte die Zeilen, die er zuletzt geschrieben hatte:

‚Hier in dieser Zeit gibt es jede Menge Wald.'

Und jede Menge Mücken, dachte er und schlug nach einem Riesenbiest, das um seinen Kopf surrte. Dort, wo er herkam, gab es keine Mücken. Auch keinen Wald und keine Wölfe oder irgendwelche anderen Raubtiere. Eben überhaupt keine wilden Tiere mehr. Darum musste man in die Vergangenheit reisen, wenn man welche sehen wollte. Jochanan grinste. Das würde er aufschreiben! Kam immer gut, so was zu schreiben, das mochten die Erwachsenen.

‚Wenn man Natur erleben will, dann muss man in der Zeit zurückkreisen. Und darum sind wir jetzt hier im ...'

Suchend sah er sich um. Auf einer Tafel stand ‚Wolfszentrum Wildpark Schorfheide'. Das genaue Datum wusste Jochanan

nicht, nur, dass sie ins Jahr 2031 zurückgereist waren. War aber eigentlich auch egal. Die ganze Reise war durchorganisiert bis auf die letzte Minute. Sie mussten sich um nichts kümmern, nur ihrem Reiseführer hinterherlaufen. Und die Klappe halten, wenn Leute in der Nähe waren. Darum war der Urlaub bisher auch ziemlich langweilig gewesen, eine Art Dauerbesichtigung von Kirchenruinen, verlassenen Dörfern und Kiefernwäldern. Wenn man ihrem Reiseleiter glauben konnte, sollte es in diesen Wäldern von Wölfen und anderen Wildtieren nur so wimmeln. Gesehen hatten sie aber nur Vögel und ein paar Spuren und einmal einen Haufen Wolfskacke. Darum hatten sie heute diesen Tierpark besucht, wo man die Wölfe ganz aus der Nähe sehen konnte. Eigentlich hätte Jochanan zwar lieber Löwen, Giraffen oder sogar Elefanten beobachtet, aber dafür hätten sie nach Afrika reisen müssen. Und zwar in Echtzeit, denn Zeitreisen funktionierten nur von einem Ort zum selben Ort in der Vergangenheit. Und Afrika war weit weg. Außerdem war es in seiner Zeit eine öde Wüste. Also waren Reisen dahin unbequem und teuer.

„Du kannst froh sein, dass du überhaupt mit in die Vergangenheit darfst!", hatte Papa ihn gescholten. „Du solltest dich dafür interessieren, wo du herkommst!"

Das tat Jochanan allerdings überhaupt nicht. War doch egal, wie die Welt früher ausgesehen hatte. Dass sie heute, in seiner Zeit, ziemlich kaputt war, ließ sich ja eh nicht ändern. Papa hingegen interessierte die Vergangenheit brennend. Kein Wunder, er war ja Historiker. Darum hatte er auch darauf bestanden, in die Uckermark zu fahren. Hätte es nicht wenigstens der Strand sein können, irgendein Strand, Nordsee, Ostsee, Südsee? Nein, die Südsee war woanders.

Jochanan versuchte, sich das Europa-Puzzle ins Gedächtnis zurückzurufen, das er vom Edukator bekommen hatte. Am dichtesten dran war hier wohl die Ostsee. Morgen würden sie endlich dahin fahren! Zum ersten Mal in seinem Leben würde er barfuß im Sand laufen, Muscheln sammeln und in einem echten Meer unter freiem Himmel baden. Zu Hause ging das nicht, weil man nie aus der zivilisierten Zone herausdurfte – viel zu gefährlich. Außerdem waren die Küsten verseucht. Außerhalb der Stadt lief gar nichts, schon gar kein Strandausflug. Aber in dieser Zeit ...

Während er sich noch ausmalte, was er am Meer so alles machen würde, hörte Jochanan Schritte und blickte auf. Ein älterer Mann spazierte langsam am Wolfsgehege entlang auf ihn zu. Er hatte einen grauen Bart und trug eine schwarze Sonnenbrille, sodass man seine Augen nicht erkennen konnte. Schnell ließ Jochanan das Schreibpad wieder im Rucksack verschwinden. Nur nicht auffallen, sonst gab es noch mehr Ärger und der Ausflug ans Meer würde vielleicht gestrichen.

Der Fremde kam näher. Jochanan bemühte sich, unauffällig zu wirken. Der Mann schien sich nicht sonderlich für die Wölfe zu interessieren. Stattdessen warf er Jochanan einen undurchsichtigen Brillenblick zu und sah dann lange zu Mama und Papa hinüber, die gerade eine Infotafel lasen. Ein Punkt an seiner Brille leuchtete sekundenlang rot auf. Schließlich

17

drehte er sich um und schlenderte gemächlich in Richtung Ausgang.

Einen Augenblick später löste der Reiseführer sich von der Gruppe und folgte dem Mann. Unruhig beobachtete Jochanan seine Eltern. Sie sahen besorgt aus. Leise und schnell redeten sie mit Onkel Leon und Tante Hannah. Gleich würden sie ihm winken und mal wieder überstürzt aufbrechen. Das war schon ein paarmal passiert. Da kam Mama auch schon auf ihn zu! Jochanan hatte ein flaues Gefühl in der Magengrube: Hoffentlich würden sie nicht den Tag am Meer streichen!

Draußen auf dem Parkplatz kletterten die Zeitreisenden in den kleinen Campingbus mit den dunklen Scheiben, der die letzten drei Wochen ihr Zuhause gewesen war, und fuhren los, um wieder irgendwo in der Wildnis zu übernachten.

Den schwarzen Wagen, der ihnen in gebührendem Abstand folgte, bemerkten sie nicht.

Am nächsten Morgen wachte Jochanan früh auf und krabbelte leise aus dem Vorzelt. Im kühlen Morgenlicht veranstalteten die Vögel einen Heidenlärm. Das Vogelkonzert würde er vermissen. In seiner eigenen Zeit waren auch Vögel selten geworden. Vermutlich, weil es keine Mücken mehr gab. Die wiederum würde er nicht vermissen. Er war allergisch gegen Insektenstiche und es juckte ihn überall. Nun, heute am Meer würden sie Ruhe haben. Zumindest hatte der Reiseführer ihnen das gestern Abend versprochen, als Mama sich mal wieder bitter über die lästigen Insekten beklagt hatte.

Zum Glück hatten sich die Pläne für diesen Tag nicht geändert und so brachen sie gleich nach dem Frühstück auf in Richtung Küste. Da sie schon am Abend ein Stück weit nach Norden gefahren waren, war es nicht mehr weit. Auf einem

schmutzig-gelben Schild las Jochanan im Vorbeifahren ‚Zecherin – 10 km'. Kurz darauf wurde das Land flacher, der Himmel weiter und schließlich fuhren sie über eine lange Brücke aus stahlblauen Metalldreiecken. Das war ein bisschen so, als würde man zwischen zwei riesigen Zahnreihen in einen aufgesperrten Rachen fahren.

„Jetzt sind wir auf der Insel Usedom", erklärte Papa. „Vor 15.000 Jahren war hier das Ende eines Gletschers, darum findet man überall große Steinblöcke."

„Wie weit ist es noch, Jorge?", unterbrach Mama.

„Eine halbe Stunde, schätze ich", antwortete Papa und dozierte weiter: „Früher gab es ganz in der Nähe eine riesige Eisenbahnbrücke. Da, guckt mal auf der rechten Seite!" Mitten im Fluss stand ein haushoher Metallbogen, der sich schwarz gegen die Vormittagssonne abzeichnete.

„Den Bogen kann man wohl nicht als Zeittor benutzen", witzelte Onkel Leon, „da würde man nasse Füße kriegen!"

„Wo liegt eigentlich das Tor für unsere Rückreise morgen?", fragte Tante Hannah.

„Etwa hundert Kilometer südlich, in Sähle", antwortete der Reiseleiter von vorn. „Dort gibt es eine versteckte Kirchenruine im Wald."

Jochanan verdrehte die Augen.

„Aber jetzt fahren wir erst mal an die Küste. In dieser Zeit kommen hier ab und zu Urlauber her, also seid vorsichtig, wenn wir da sind!"

Es dauerte nicht mehr lange, bis sie ihr Ziel erreichten. Jochanan rannte die Strecke vom Parkplatz durch dichtes Gebüsch bis zum Strand und blieb mit offenem Mund stehen. Vor ihm dehnte sich das dunkelblaue Meer bis zum Horizont. Ein

19

frischer Seewind brachte den Geruch nach Salz und Seetang mit sich. Links und rechts erstreckte sich Sand so weit das Auge reichte, gesprenkelt mit Steinen, Muscheln und Treibgut. Jochanan riss sich die Schuhe von den Füßen.

„Lauf nicht so weit weg!", warnte Mama und ließ sich bäuchlings in den warmen Sand fallen. „Hast du deine Kette um?"

„Klar!", rief Jochanan zurück und tätschelte die kleine Engelsfigur, die an einer goldenen Kette um seinen Hals hing. „Ich gehe nur bis dort hinten. Kann ich baden?"

„Später!", kam die zerstreute Antwort. Papa hatte schon ein Buch vor der Nase und Mama die Augen geschlossen.

Barfuß schlenderte Jochanan den menschenleeren Strand entlang. Die Sonne schien ihm ins Gesicht. Der Wind frischte auf. Er fand einen Schuh mit einer Krabbe drin, einen herzförmigen Stein mit Loch und ein Stück Schnur mit einem großen Haken. Rechts von ihm stieg der sandige Boden immer weiter an, bis er zur Steilküste wurde. Oben wuchsen Bäume. Jochanan kletterte ein Stück hoch und sah zurück zu seinen Eltern. Ganz in der Ferne lagen sie faul im Sand. Er hatte offenbar noch reichlich Zeit.

Ein Stück weiter entdeckte er eine Stelle, an der ein Teil der Küste abgerutscht war und einen großen Baum mitgerissen hatte. Ausgebleicht lag er nun quer über dem Strand wie ein Gerippe. Das war der perfekte Platz für ein Lager!

Genau das fanden allerdings offenbar auch andere Leute. Jochanan hatte es sich gerade bequem gemacht und seine Schätze ausgebreitet, als er Stimmen hörte. Kinderstimmen.

„Wie weit ist es noch?"

„Ich will baden!"

„Ich auch!"

Beunruhigt und neugierig zugleich sah Jochanan den Ankömmlingen entgegen, die aus der anderen Richtung zielstrebig auf ihn zukamen. Ihm fiel nichts Besseres ein, als zu bleiben, wo er war.

„Na das ist ja ein Zufall! Kennen wir uns nicht? Was machst du denn hier?" Vor ihm stand Merlin, der rotblonde Junge aus dem Tierpark!

„Urlaub!", antwortete Jochanan und grinste. Stimmte ja. „Und du?"

„Auch Urlaub", antwortete Merlin. „Meine Eltern müssen arbeiten, aber zum Glück gibt es ja Ganztagsschulen mit Ferienservice. Wir bleiben leider nur noch bis übermorgen."

„Wir bis morgen. Ist das deine Schulklasse?" Jochanan warf einen staunenden Blick auf die Menge Kinder unterschiedlichster Haut- und Haarfarbe, die nach und nach herbeikamen und sich sofort ins Wasser stürzten.

„Klar. Kommst du mit schwimmen?"

Jochanan zögerte. Später, hatte Mama gesagt. Nun, jetzt war es ja später … Er hatte zwar so eine Ahnung, dass es Ärger geben würde, wenn er mit den anderen Kindern zusammen badete. Andererseits wäre es doch auch auffällig, wenn er jetzt einfach davonlief! Und wer wusste schon, ob seine Eltern sich überhaupt ins Wasser trauen würden?

„In Ordnung!", sagte Jochanan und zog sich aus. Zum Glück hatte er das Badezeug schon druntergezogen. Aufgeregt folgte er den anderen Kindern in die Brandung. Das Wasser rauschte an Reihen großer Steine entlang, die in regelmäßigen Abständen ins Meer ragten. Ob das die Eiszeitblöcke waren, die Papa erwähnt hatte? Die Strömung sog an Jochanans Füßen. Er

warf einen kurzen Blick zurück und watete dann entschlossen durch die sich brechenden Wellen hinter Merlin her. Weiter draußen blitzten weiße Wellenkämme auf. Ein schwimmender Vogel schaukelte geruhsam über die unruhigen Wogen. Jochanan überquerte eine Sandbank, hinter der das Wasser deutlich kälter und tiefer wurde. Noch ein Stück weiter, da, wo die anderen Kinder planschten, schien es dagegen wieder flach zu sein. Das war gut, denn Jochanan konnte nicht schwimmen. Und sein Badeanzug war zwar UV-sicher, aber nicht mit einem Auftriebs-

system versehen. Allerdings fiel ihm jetzt ein, dass das Bade-hemd genau wie seine Mikrochip-Kleidung einen Sensor hatte, der die Körpertemperatur und andere lebensnotwendige Daten maß. Es würde also nicht lange dauern, bis Mama mitkriegte, dass er im Wasser war.

„Jochanan! Jochanan!!"

Das kam schneller als erwartet. Er sah sich um. Am Ufer stand seine Mutter und winkte hektisch. Egal, wenigstens ein-mal wollte Jochanan Spaß haben! Dort vorne wollte er hin, wo Merlin und die anderen Kinder wild in den Wellen herumtollten. Nur noch ein kleines Stück weiter ...

Auf einmal war der harte, wellige Grund verschwunden. Joch-anan tauchte unter und schluckte Wasser. Wild paddelnd ver-suchte er, wieder Fuß zu fassen. Eine Woge ergoss sich über sei-nen Kopf. Das Salzwasser brannte ihm in den Augen und in der Nase. Voller Panik schlug er um sich. Jemand packte ihn am Haar und zerrte ihn ein Stückchen weiter. Jetzt hatte er wieder Boden unter den Füßen. Prustend und spuckend schob Joch-anan sich auf die Sandbank.

„Idiot!", brüllte Merlin ihn an. „Sag doch, wenn du nicht schwimmen kannst!"

„Kann doch nicht wissen, dass es so tief ist!", keuchte Joch-anan. Ihm war nach Weinen zumute, aber das kam natürlich nicht infrage. Er drehte sich zum Ufer um. Weit entfernt liefen seine Eltern aufgeregt hin und her. So ein Mist.

„Idiot!", sagte Merlin noch mal und spritzte mit der flachen Hand Wasser in seine Richtung. „Du hast mir vielleicht einen Schreck eingejagt."

„Tut mir leid", murmelte Jochanan. Er hopste, um einem Brecher zu entgehen, wischte sich das Wasser aus dem Gesicht

und beäugte beklommen die Strecke bis zum Ufer. „Wie komme ich denn jetzt zurück?"

„Willst du etwa schon wieder raus?"

„Na ja, meine Eltern ..."

Merlin warf einen Blick auf den fernen Strand und zuckte verständnisvoll mit den Schultern. „Da kann man wohl nix machen. Kein Problem, ich helfe dir." Er legte den Arm um Jochanan und gemeinsam überwanden sie die tiefe Stelle. Dann drehte Merlin sich um, tauchte elegant unter einer Welle durch und drehte sich auf den Rücken. „Bis nächstes Mal! Keinen Stress, okay?"

„Okay", antwortete Jochanan halbherzig und paddelte schicksalsergeben ans Ufer zu seinen Eltern.

Der Rest des Tages verlief erwartungsgemäß öde. Jochanan musste in Sichtweite der Erwachsenen bleiben und seinen Bericht für den Edukator fertig schreiben. Sie picknickten, badeten einmal kurz gemeinsam im flachen Wasser und faulenzten. Onkel Leon und Tante Hannah lagerten ein Stückchen entfernt und spielten virtuell Beachball mit ihren Holo-Handschuhen. Obwohl kein Mensch zu sehen war, durfte Jochanan noch nicht mal das Pad auspacken. Eine Zeit lang schnitzte er heimlich mit seinem Lasermesser, bis Papa es bemerkte und ihm befahl, das Messer in die Tasche zu stecken. Vor Langeweile begann Jochanan, Bilder in den feuchten Sand zu malen. Im Laufe des Nachmittags stand ihr Reiseführer immer wieder auf und verschwand für kurze Zeit. Irgendetwas schien ihn zu beunruhigen. Und in der Tat:

„Wir müssen sofort aufbrechen!" Aufgeregt stand er vor ihnen und atmete schwer, so, als sei er gerannt.

Onkel Leon kam herbei. „Was ist denn los?"

„Der Mann aus dem Zoo ist wieder aufgetaucht. Das ist kein Zufall. Sie sind uns auf der Spur!"

„Wer?", fragte Jochanan, doch keiner antwortete ihm. Er zog seine Mutter am Ärmel. „Wer ist uns auf der Spur?"

„Keine Ahnung, Schatz. Komm, beeil dich, du hast doch gehört. Zieh dich an. Wir müssen los." Hastig sammelte sie ihre Sachen zusammen.

Unterdessen verkündete der Reiseführer der Gruppe: „Wir werden schon heute Nacht zurückreisen. Das Tor öffnet sich um Mitternacht."

„Was? Das geht doch gar nicht!", sagte Mama scharf. „Die Berechnungen ... "

„Wir haben den Plan bereits vor Reiseantritt geändert. Eine reine Vorsichtsmaßnahme. Es kam in letzter Zeit immer häufiger vor, dass unsere Gruppen beobachtet wurden. Wir können auf keinen Fall riskieren, dass sie uns erwischen."

Jochanan hätte zwar zu gerne gewusst, wer sie beobachtete und was passieren würde, falls sie erwischt würden, hielt aber den Mund. Vermutlich würde er sowieso keine Antwort bekommen. Er ahnte allerdings, von wem die Erwachsenen sprachen: Bestimmt hatte der Typ mit der unheimlichen schwarzen Sonnenbrille etwas damit zu tun! Während sie durch den

Sand hasteten, wünschte Jochanan sich auf einmal nichts mehr, als diese Zeit hinter sich zu lassen und in der Zukunft in seinem eigenen Zimmer aufzuwachen.

Auf dem Weg zum Bus sahen und hörten sie zunächst nichts Ungewöhnliches. Doch kaum waren sie vom Parkplatz auf die Küstenstraße abgebogen, merkten sie, dass sie verfolgt wurden. Jochanan, der hinten saß, sah den schwarzen Wagen als Erster. „Fahren Sie doch schneller!", drängte Onkel Leon. Der Reiseführer antwortete nicht, doch der Elektromotor surrte lauter.

„Da!", rief Papa aufgeregt und zeigte auf das Armaturenbrett. Das Navigationsdisplay zeigte an, dass die nächste Kreuzung blockiert war. Mitten darauf stand quer ein weiterer schwarzer Wagen. Einen Augenblick lang herrschte erschrockenes Schweigen, dann riefen alle durcheinander.

„Was machen wir jetzt?"

„Nach links!"

„Nach rechts!"

„Umkehren!"

Jochanan sah angespannt durch das Rückfenster. Gerade hatten sie eine Kurve hinter sich. Ihre Verfolger waren nicht zu sehen. Der Reiseführer riss das Steuer herum und der Bus schlingerte auf einen Sandweg zwischen lichten Kiefern. Eine Staubfahne hinter sich lassend, fuhren sie einen weiten Bogen, kamen aus dem Wald heraus und brausten viel zu schnell über einen holperigen Feldweg zurück in die Richtung, aus der sie gekommen waren. Hoffentlich war das keine Sackgasse! Jochanan starrte gebannt auf das Galileo-Navigationssystem. Es brauchte quälend lang, um ihre Route neu zu berechnen.

Da tauchte vor ihnen plötzlich ein hölzernes Gatter auf. Ungebremst krachte der Bus dagegen. Holz splitterte und sie

waren hindurch. Rechts lag ein Hof, über dessen Einfahrt sie jetzt zurück zur Küstenstraße brausten. Flüchtig sah Jochanan ein entgeistertes Gesicht, das sie durch einen Blümchenvorhang hindurch anstarrte. Hühner flohen nach allen Seiten und ein Hund raste wild bellend neben ihnen her. Dann schwenkte der Bus in einer scharfen Kurve zurück auf die Asphaltstraße. Der Reiseführer gab Gas und die wilde Fahrt war vorbei. Jochanan wischte sich die Nase und sah Blut an seinen Händen.

Na toll. Er hatte mal wieder Nasenbluten.

„Ich denke, die haben wir erst mal abgehängt", sagte der Reiseführer grimmig. „Natürlich werden sie uns auf dem Schirm haben, aber das nützt ihnen wenig, wenn sie uns nicht erwischen. Ich glaube kaum, dass sie wissen, wo wir hin wollen. Sobald wir auf dem Festland sind, kann ich das Tarnsystem einschalten, dann sind wir unsichtbar."

„Das einzige Problem ist die Brücke", sagte Papa.

„Die Brücke?", fragte Tante Hannah.

Der Reiseführer nickte. „In Zecherin. Wir müssen über die Zugbrücke, und die geht um 20.30 Uhr hoch, um die Schiffe durchzulassen. Das wissen sie bestimmt. Wir müssen vorher dort sein."

Jochanan drehte die Hand, sodass Licht auf die helligkeitsempfindliche Tätowierung auf seinem Unterarm fiel. Die glitzernden Mikrochip-Pigmente reagierten und zeigten die Uhrzeit an: 19.50 Uhr. Sie hatten 40 Minuten.

Die nächste halbe Stunde verging in nervösem Schweigen. Sie fuhren durch kleine Dörfer, dann durch offene Landschaft. Rechts und links blitzte immer wieder Wasser auf. Ein Seeadler glitt vor ihnen über die Straße, doch niemand hatte Augen für ihn.

27

„Gleich sind wir da", sagte der Reiseführer und verdunkelte mit einem Knopfdruck die Windschutzscheibe gegen die tief stehende Sonne. Obwohl seine Stimme ruhig klang, hörten alle die Anspannung heraus. Immer noch war kein Verfolger in Sicht. Jochanan begann gerade aufzuatmen, als der Bus plötzlich abbremste, eingefangen durch den Ampel-Leitstrahl vor der Brücke. Vor ihnen stauten sich die Autos. Sein Zeit-Tattoo zeigte 20.29 Uhr.

„Das wird knapp", sagte der Reiseführer grimmig.

„Wären wir bloß nicht auf diese Insel gefahren", jammerte Tante Hannah. „Wenn wir Pech haben, sitzen wir jetzt hier in der Falle!"

Keiner antwortete, doch Jochanan hatte das ungute Gefühl, dass die Gruppe ihm die Schuld an der Situation gab. Immerhin war er es gewesen, der unbedingt an den Strand gewollt hatte. Ängstlich sah er nach vorn, wo die Ampel noch immer grün zeigte. Im Schneckentempo schob sich die Autoschlange vorwärts. Langsam kamen sie immer näher an die Auffahrt zur Brücke heran. Jetzt hatten sie nur noch fünf Wagen vor sich, dann drei, zwei – und da sprang die Ampel auf rot. Das Auto vor ihnen hielt an.

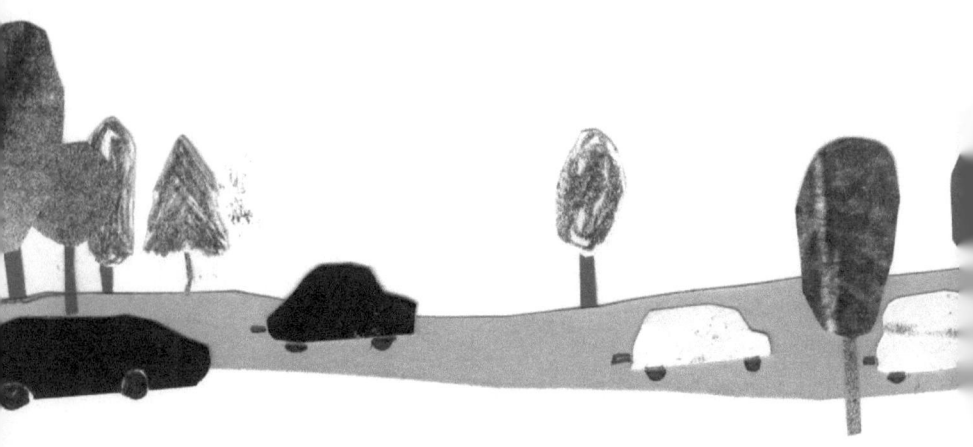

Ein allgemeines Stöhnen entfuhr den Insassen des Busses. Jochanan spähte aus dem Rückfenster. Ganz weit hinten bog von einer Seitenstraße aus ein dunkler Wagen auf die Hauptstraße ein.

Da riss der Reiseführer plötzlich das Steuer herum und gab Gas. Mit quietschenden Reifen sauste der Bus an dem vor ihnen stehenden Wagen und der roten Ampel vorbei und auf die Brücke. Ein Mann lief aus dem Brückenhäuschen, winkte hektisch und versuchte, sie zum Anhalten zu bewegen. Als er sah, dass sie gar nicht daran dachten abzubremsen, sprang er beiseite. Mit Vollgas surrte der E-Bus über die Brücke, gerade, als das Mittelteil sich zu heben begann. Es ruckte heftig und für einen Moment verloren sie die Bodenhaftung – dann waren sie auf der anderen Seite. Jochanan blickte zurück. Neben dem wild gestikulierenden Brückenwärter sah er mehrere Männer stehen.

Einer davon trug eine dunkle Sonnenbrille.

Zwei Stunden später näherten sich die Zeitreisenden ihrem Ziel. Der Himmel hatte sich bewölkt und es dämmerte. Die Gegend war hügelig und waldig, von vielen Seen durchsetzt und

sehr einsam. Zuletzt hatten sie auf einem Forstweg einen ausgedehnten Kiefernwald durchquert. Mitten darin erstreckte sich eine lange Mauer, auf der in blassen Farben ein Soldat gemalt war. Dahinter konnte man durch die Bäume eine Reihe großer, verlassener Häuser erkennen. „Neuthymen", sagte der Reiseführer, „Überreste einer sowjetischen Kaserne aus dem Kalten Krieg."

Keiner antwortete – nicht mal Papa, der sonst keine Gelegenheit ausließ, vergangene Zeiten zu diskutieren. Jochanan fragte sich flüchtig, ob der Kalte Krieg wohl im Winter stattgefunden hatte. Dann rumpelte der Bus in ein Schlagloch und Jochanan bekam wieder Nasenbluten.

Es war schon beinah dunkel, als sie schließlich auf eine größere Straße einbogen.

„Seht mal!", rief Tante Hannah aufgeregt. Von weit hinten näherten sich Scheinwerfer. Der Reiseführer beschleunigte den Bus, bremste jedoch sofort wieder ab: Einige Hundert Meter vor ihnen war im Zwielicht undeutlich ein warnendes Blinklicht zu erkennen. ,Achtung, Straßensperre!', signalisierte das Galileo.

„Verdammt!", fluchte Papa.

Langsam fuhr der Bus auf die Sperre zu. Alle starrten auf das Navigationsdisplay. Es zeigte einen Geländewagen der Bundespolizei und mehrere Männer, die um ein haltendes Auto mit offenem Kofferraum herumstanden.

„Wir müssen von der Straße runter", sagte der Reiseführer. „Es ist nicht mehr weit. Wir gehen zu Fuß." Er bog in einen kleinen Waldweg ein, fuhr den Bus mit Schwung ins Gebüsch und stellte den Motor ab. Plötzlich war es sehr still. Alle hielten den Atem an, als auf der Straße ein dunkler Wagen vorbeibrauste. Dann stiegen sie hastig aus und schlugen sich in die Büsche.

Im Kiefernwald war es finster. Der Reiseführer hatte das Navigationssystem aus dem Bus mitgenommen und folgte zielstrebig einem geraden, mit Ästen übersäten Waldweg. Das Galileo-Display leuchtete gespenstisch. Mama hielt Jochanan fest an der Hand und zog ihn mit sich. Mit der anderen Hand hielt Jochanan sich das Taschentuch vor die blutende Nase.

„Wir haben nur noch eine halbe Stunde bis Mitternacht", schnaufte Papa.

„Es ist nicht weit", wiederholte der Reiseführer, „das schaffen wir."

„Aber wir müssen doch auch noch das Somniavero nehmen und einschlafen!", wandte Tante Hannah ein.

Jochanan blieb ruckartig stehen.

Das Somniavero!

Ohne Somniavero konnte man nicht durch die Zeit reisen! Man musste schlafen, um das Zeittor passieren zu können. Und nicht nur das: Man musste sich in der Traumphase befinden. Damit das auf Kommando klappte, gab es ein spezielles Mittel – das Somniavero. Sie hatten jeder ein Fläschchen davon bekommen. Und seine Dosis war in seinem Rucksack! Jochanan lief es kalt über den Rücken. Wo war sein Rucksack?

„Was ist los?", fragte Mama und tastete im Dunkeln nach Jochanans Hand. „Ist das Nasenbluten wieder schlimmer geworden?"

„Kommt schon, wir müssen uns beeilen!", rief Onkel Leon von vorn.

„Mein Rucksack ...", stammelte Jochanan. „Mein Rucksack mit dem Somniavero, er liegt noch im Bus."

Alle schwiegen erschrocken. Dann explodierte Papa. „Das kann doch nicht wahr sein!", brüllte er. „Du weißt doch, dass du das Somniavero immer bei dir tragen musst!"

32

Jochanan schossen die Tränen in die Augen. „Es ist in meinem Rucksack! Mit dem Pad und meinen Sachen. Ich habe ihn nur kurz weggelegt, weil ich Nasenbluten hatte!"

„Oh nein", stöhnte Mama. „Was machen wir jetzt bloß?" Der Reiseführer mischte sich ein. Seine Stimme klang verärgert, aber entschlossen. „Ich laufe zurück zum Wagen und hole den Rucksack. Ihr geht vor. Folgt diesem Weg bis zur nächsten Kreuzung, dann links, nach 300 Metern findet ihr auf der rechten Seite den Steinbogen. Nehmt das Galileo mit. Wenn das Tor aufleuchtet, geht ihr hindurch, verstanden? Wartet nicht!" Im Weglaufen rief er noch über die Schulter: „Sie dürfen euch auf keinen Fall erwischen! Selbst wenn etwas schiefgeht. Ich kümmere mich um das Kind! Notfalls habe ich falsche Papiere." Damit ließ er eine Taschenlampe aufleuchten und verschwand in der Dunkelheit.

Schweigend drehten die Zeitreisenden sich um und hasteten vorwärts. Der Waldweg schimmerte im Schein des Displays grünlich. Nur ihre raschelnden Schritte und Jochanans unregelmäßiges Schniefen unterbrachen die bedrückende Stille. Jochanan hoffte inständig, dass der Reiseführer nicht zu lange brauchen würde, um den Rucksack zu finden und sie einzuholen.

Kurze Zeit später erreichten sie die Wegkreuzung und bogen nach links ab. Es war mittlerweile stockfinster. Sie liefen langsamer, um die Ruine nicht zu verpassen. Papa leuchtete mit dem Display in den Wald hinein. Tante Hannah flüsterte vor sich hin. Sie und Onkel Leon hielten sich an der Hand. Mama sah sich immer wieder um, in der Hoffnung, das flackernde Licht der Taschenlampe zu sehen. Doch hinter ihnen blieb alles dunkel.

Als sie rechts einen ausgetretenen Pfad und eine Hinweistafel entdeckten, blieben sie stehen. „Wir haben noch einen

Moment", sagte Papa. Sie lauschten in die Nacht. Auf einmal hörten sie in der Ferne ein unverkennbares Geräusch: das Heulen eines Wolfes.

„Was machen wir, wenn er nicht rechtzeitig kommt?", fragte Mama mit erstickter Stimme. „Wir können Jochanan doch nicht allein hier im Wald lassen." Jochanan umklammerte ihre Hand. Er wagte es nicht, nach der Uhrzeit zu sehen.

„Er wird schon kommen", sagte Papa. Er klang nicht sehr überzeugt.

„Es sind nur noch fünf Minuten", warf Onkel Leon leise ein. „So oder so müssen wir gehen, sonst verpassen wir das Tor." Er stand auf und drang in die Finsternis des Pfades ein. Die anderen folgten. Es dauerte nicht lange, da erhob sich auf der rechten Seite ein Umriss, der schwärzer war als die Nacht. Papa hob das Display hoch. Im blassen Schimmer sahen sie einen kleinen Bogen aus gemauerten Feldsteinen, der beinah vollständig von Gestrüpp überwuchert war.

„Ist das das Zeittor?", frage Tante Hannah zweifelnd.

„Ich denke schon", sagte Papa und sah auf sein Uhr-Tattoo. „Noch zwei Minuten. Was machen wir jetzt?"

„Hannah und ich gehen auf jeden Fall zurück", sagte Onkel Leon entschlossen und trat zu dem Steintor. „Es nützt niemandem, wenn wir bleiben." Skeptisch besah er sich den kleinen Torbogen und murmelte: „Wie sollen wir da eigentlich alle drunterpassen?"

„Geht ihr vor", sagte Mama mit bebender Stimme. „Du auch, Jorge. Ich bleibe bei Jochanan und warte."

„Kommt nicht infrage!", protestierte Papa. „Wir gehen alle oder keiner!" Er nahm Jochanan ebenfalls bei der Hand. „Lasst uns aber sicherheitshalber das Somniavero bereit-

34

halten." Er warf das Galileo ins Gras und kramte in seiner Tasche.

„Da! Hört ihr das?", fragte Mama plötzlich.

Jochanan lauschte. Nicht weit entfernt klangen aufgeregte Stimmen durch den Wald. Ein Hund bellte.

Mama und Papa blickten sich an. Ihre Gesichter waren weiß in der Dunkelheit.

„Beeilt euch", sagte Papa zu Onkel Leon und Tante Hannah. Jochanan und seine Eltern traten beiseite und sahen zu, wie die beiden unter den Bogen krabbelten, sich auf dem Boden ausstreckten und warteten.

Plötzlich begannen die Steine zu leuchten, ganz schwach zunächst, dann immer intensiver.

„Viel Glück!", sagte Tante Hannah mit erstickter Stimme und trank. Ihr Kopf sank zu Boden. Wenige Sekunden später griff das Leuchten auf die liegenden Körper über. Gebannt beobachtete Jochanan, wie das Tor heller und intensiver strahlte, während die Personen darunter verblassten und schließlich verschwanden.

Kaum waren sie weg, da näherten sich rasche Schritte vom Weg her. Taschenlampenkegel streiften durch den Wald. Papa sah sich gehetzt um.

„Wir können nicht hierbleiben", flüsterte Mama. „Sie werden uns finden. Kommt, ich habe eine Idee." Sie schob Jochanan unter das Tor und zog mit zitternden Händen ihr Somniavero aus der Hosentasche. „Ich werde Jochanan etwas abgeben", sagte sie. „Ich habe es eben durchgerechnet. Es wird schon klappen. Ich wiege weniger als vor der Reise."

Papa sah sie zweifelnd an. „Sollten wir nicht besser alles aufteilen?"

„Nein", sagte Mama drängend. „Wenn es nicht funktioniert, dann kommst du zurück und holst uns. Beeilt euch. Das Tor wird nicht mehr lange offen stehen!"

Hastig streckten sie sich eng beieinander unter dem Steinbogen aus und tranken. Jochanan spürte die vertraute, plötzliche Müdigkeit. Das Tor über ihm erstrahlte. Ihm war, als höre er rasche Schritte und laute Rufe. Ein Schatten kam auf ihn zu. Dann nichts.

Jochanan wachte auf. Er war allein, mitten im dunklen Wald.

„Mama?"

Keine Antwort. Über ihm ragte ein finsterer Umriss schemenhaft in die Höhe. Vor dem Blätterdach war das Zeittor mehr zu erahnen als zu sehen. Jochanan kniff die Augen zu und versuchte sich daran zu erinnern, was genau zuletzt passiert war. Eigentlich sollte er doch zurück in seiner eigenen Zeit sein. Dann wäre hier aber kein Wald. Und Mama wäre da ...

Irgendetwas war ganz fürchterlich schiefgelaufen, so viel war klar.

Langsam setzte Jochanan sich auf und rutschte mit dem Rücken gegen die Steine des Torbogens. Er lauschte. Rings um ihn her knackte und raschelte es. Der Wind strich durch die Blätter. Ganz weit weg heulte wieder ein Wolf. Jochanan schauderte. Er wusste zwar, dass Wölfe sich von Menschen fernhielten, aber nachts im Wald war das Geräusch trotzdem unheimlich. Was sollte er nur machen?

Außerdem knurrte sein Magen. Wann hatte er eigentlich zuletzt etwas gegessen? Und wo sollte er etwas finden? Diese Frage machte ihm seine verzweifelte Lage erst so richtig bewusst. Er hatte keine Ahnung, wo seine Familie war, er hatte

Hunger und er hatte Angst. Jochanan steckte den Kopf zwischen die Knie und begann leise zu schluchzen.

Nach einer ganzen Weile hörte er wieder auf. Er blickte in den dunklen Himmel. Durch die Bäume hindurch konnte er ein paar Sterne sehen. Das war ungewohnt, aber irgendwie trotzdem tröstlich.

Sicher würden seine Eltern ihn holen kommen. Oder aber der Reiseführer würde auftauchen. Die Frage war nur, wann?

Jochanan wartete. Mücken surrten um ihn herum.

Niemand erschien.

Irgendwann verschwanden die Sterne und es begann zu regnen. Jochanan drückte sich unter das Tor, obwohl es nur wenig Schutz vor der Nässe bot. Erste Vögel piepsten zaghaft. Der Morgen graute. Und mit dem Morgenlicht überkam Jochanan

auf einmal die Gewissheit, dass er auf sich allein gestellt war. Unwillkürlich griff er mit der Hand nach dem Engel an seinem Hals.

Der Engel!

Jochanan riss sich die Kette herunter. Der Notfallplan! Warum hatte er nicht früher daran gedacht?

Falls wir uns in der Vergangenheit verlieren, dann hast du den Notfallplan. Der Engel wird dir den Weg zurück zeigen, hatten ihm seine Eltern immer wieder eingebläut.

Jochanan ergriff den kleinen, goldenen Anhänger und hielt ihn hoch. Vorsichtig drückte er auf den versteckten Knopf. Die ausgebreiteten Flügel der Figur schimmerten im fahlen Licht. Vor ihm in der Luft erschien ein schemenhaftes Abbild des Engels, ein winziges Hologramm, zitternd und durchsichtig wie Wasser, und begann zu sprechen:

„Nächsten Sonntag um Mitternacht öffnet sich ein Zeittor am Brandenburger Tor. Wir werden kommen und alles Nötige dabeihaben. Sei vorsichtig!"

Das Bild wandelte sich und zeigte nun ein riesiges Tor mit sechs Säulen. Hoch oben auf dem Tor war ein Wagen mit vier Pferden zu sehen. Davor blinkten die Koordinaten:

$$52° 30' 59'' N, \quad 13° 22' 40'' O.$$

Jochanan kannte dieses Tor. Es lag am Ende einer langen Straße mitten in Berlin, seiner Stadt, der Stadt, in der er in der Zukunft lebte. Nur, wo lag Berlin von hier aus gesehen? Und wie sollte er dorthin kommen? Hätte er doch nur besser aufgepasst, als sein Vater ihm die Reiseroute erklärt hatte! Die Uckermark war nicht weit weg, so viel wusste er immerhin. Eine halbe Stunde im Flugmobil – aber zu Fuß? Fieberhaft rechnete Jochanan nach: Am Mittwoch waren sie an die Ostsee gefahren. Da die Zeitreise offensichtlich nicht geklappt hatte, war heute wahrscheinlich Donnerstag. Es blieben ihm vier Tage. Das Gefühl zu wissen, wo er hin musste, half Jochanan dabei, die Panik zu unterdrücken. Vier Tage – das musste doch zu schaffen sein! Vorausgesetzt, er fand den Weg. Was nützten ihm die Koordinaten hier in der Wildnis ohne ein Navigationssystem!

Moment mal. Papa hatte ja das Galileo dabeigehabt! Vielleicht …

Im heller werdenden Licht suchte Jochanan den Boden ab. Und tatsächlich: Da lag das Gerät im niedergetretenen Gras. Papa hatte es fallengelassen, kurz bevor der Bogen zu leuchten begann. Was für ein Glück!

Jochanan hob das Galileo auf, schaltete es an und tippte die Koordinaten ein. Nach kurzer Zeit zeigte das Display die Route an. Dauer zu Fuß: 19 Stunden. Wenn alles gut lief, konnte er

bestimmt in drei Tagen dort sein. Sein Magen grummelte. Wie lange man wohl ohne Essen überleben konnte? Wehmütig dachte Jochanan zurück an die Zeit, als er mit seinem eigenen Navi im vertrauten Condo-Wohnpark auf Cache-Suche gegangen war. Die Taschen voller Leckereien und den Sender um den Hals, damit Mama immer wusste, wo er war. Das war ihm wie ein richtiges Abenteuer vorgekommen. Dabei ging es nur darum, eine Botschaft zu finden, die irgendwo im Condominium versteckt war.

Dieser Gedanke brachte ihn auf eine Idee. Vielleicht sollte er eine Nachricht hinterlassen? Für den Fall, dass Mama und Papa hierher zurückkamen, um ihn zu suchen? Kurz entschlossen kramte Jochanan in seiner Hosentasche und förderte Zettel und Bleistift zutage. Er hockte sich hin und schrieb ein paar Worte. Jetzt musste er den Brief nur noch so verstecken, dass seine Eltern ihn auch fanden. Er sah sich nach einem geeigneten Ort um. Dicht neben dem Tor stand ein Baum. Jochanan kletterte auf den Torbogen und von da aus auf einen Ast. Ein Stück weiter oben entdeckte er ein Loch im Stamm. Er faltete den Zettel zusammen und schob ihn tief hinein. Dort lag er sicher und trocken.

Zufrieden rutschte Jochanan den Stamm hinunter. Unten zog er sein Lasermesser aus der Hosentasche und ließ die kleine Lichtklinge aufblitzen. Wenigstens das hatte er nicht verloren. Wie gut, dass er es nicht zurück in den Rucksack gepackt hatte! Liebevoll betrachtete Jochanan das Messer. Es war fein gearbeitet und nagelneu. Er hatte es erst kurz vor der Reise bekommen.

Du solltest es nie aus der Hand geben. Es könnte dir einmal das Leben retten. Trage es immer bei dir, egal, wo du hingehst, hatte der alte Mann gesagt, der es ihm geschenkt hatte. Dann

hatte er sich umgedreht und war weggegangen. Aber vorher hatte er noch etwas Merkwürdiges gemurmelt: Vielleicht treffen wir uns ja irgendwann einmal wieder ...

War schon komisch, dass dieser alte Mann ausgerechnet ihm so ein feines Messer geschenkt hatte, wo er ihn doch gar nicht kannte! Mama hatte Jochanan natürlich Vorhaltungen gemacht, als er nach Hause kam. Von einem Fremden dürfe man nichts annehmen und wer der Mann überhaupt gewesen sei? Jochanan hatte keine Ahnung. Er hatte den alten Mann zwar schon mehrfach im Condo gesehen, aber vorher noch nie mit ihm gesprochen. Und danach war er wie vom Erdboden verschwunden. So hatte Jochanan das Messer schließlich behalten dürfen.

Vorsichtig setzte Jochanan jetzt die Laserklinge an und schnitzte einen großen Engel mit ausgebreiteten Flügeln in die Rinde des Baumes, in dem die Nachricht steckte. Darüber schnitt er einen Pfeil nach oben. Zufrieden betrachtete er sein Werk: Das war nicht zu übersehen.

Dann ergriff Jochanan das Galileo und machte sich auf den langen Fußmarsch nach Berlin.

DR.
PAULUS

Auf der Spur der Zeitreisenden

Dr. Paulus ließ sich ächzend auf eine Bank fallen. Vor ihm brannte die untergehende Sonne rot auf der schmutziggrauen Wasserfläche des kleinen Usedomer Haffs. Davor hob sich die Zugbrücke von Zecherin langsam immer weiter in die Höhe. Auf der anderen Seite der Brücke fuhr der Bus mit den dunklen Scheiben gerade an Land und verschwand außer Sicht. Fürs Erste waren die Zeitreisenden ihm entwischt.

Macht nichts, dachte er grimmig. Ich krieg euch schon noch.

Dr. Paulus nahm seine schwarze Brille ab und drückte auf einen Knopf. Die Brille veränderte die Farbe, wurde innen silbern und verwandelte sich in einen Mini-Monitor, auf dem im Schnelldurchlauf Bilder erschienen. Dr. Paulus drückte erneut auf den Brillenbügel und wählte ein Foto des Busses aus. Er räusperte sich und neigte den Kopf. „Ich schicke Ihnen ein Bild rüber. Nur für den Fall", sagte er leise in das Headset. Die Antwort kam prompt:

„Okay. Sind sie entkommen?"

„Vorläufig. Ich habe sie aber geortet."

„Gut."

Es klickte leise und die Leitung war tot. Dr. Paulus setzte seine Brille wieder auf die Nase, stieg ins Auto und nahm, nachdem die Brücke wieder passierbar war, die Verfolgung auf. So nah dran gewesen war er noch nie! Seit zwei Wochen beobachtete er jetzt diese Gruppe in dem getarnten Reisebus mit den dunklen Scheiben. Er war sich so gut wie sicher, dass sie aus der Zukunft kamen. Keiner von ihnen war irgendwo aktenkun-

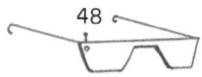

dig. Sein Kontaktmann von der Bundespolizei hätte sie sonst gefunden. Es musste sich um Zeitreisende handeln! Und ihre Anwesenheit bewies zweierlei: Erstens, dass es trotz der ökologischen Katastrophen, in die die Menschheit sehenden Auges hineinschlitterte, eine Zukunft gab. Und zweitens, dass Zeitreisen tatsächlich möglich waren. Er hatte das ja schon lange behauptet, aber nur Hohn und Spott geerntet.

„Doktor Paulus ist mal wieder auf der Jagd nach dem Nobelpreis", tuschelten selbst die Studenten am astrophysikalischen Institut deutlich hörbar hinter seinem Rücken.

„Oder vielmehr auf der Jagd nach Phantomen ...!"

Dann blieb ihm nur der Rückzug in sein Labor. Doch selbst dort wurde er von den Kollegen belächelt. Zu seinem letzten Geburtstag hatten sie ihm Paul Davies' angestaubten Bestseller ‚So baut man eine Zeitmaschine' geschenkt. In dieser Gebrauchsanweisung erläuterte der Kollege, warum Reisen durch die Zeit physikalisch unmöglich waren. Nun, die Herren Astrophysiker von der Universität würden sich wundern! Während seine schwarze Limousine an einem See entlangschnurrte, malte sich Dr. Paulus voller Genugtuung aus, wie die Schlagzeile lauten würde:

Berliner Wissenschaftler reist in die Zukunft!

Genau das hatte er nämlich vor. Als erster Mensch wollte er in die Zukunft reisen! Die Zeitreisenden, die er verfolgte, zählten ja nicht. Wenn man es genau nahm, waren sie noch nicht mal geboren. Der Ruhm würde also ganz allein ihm zufallen, jedenfalls sofern es ihm endlich gelang, ihr Geheimnis zu entdecken.

Dr. Paulus blickte auf seinen Brillenschirm. Der Peilsender, den er vor einigen Tagen an der Unterseite des Busses angebracht hatte, blinkte zuverlässig. Dr. Paulus tippte an den Brillenbügel.

„Ja?", fragte eine knisternde Stimme. Der Empfang ließ hier in der Einöde zu wünschen übrig.

„Sie fahren immer noch nach Südwesten, in Richtung Berlin", informierte er seinen Kontaktmann. „Gerade biegen sie von der Hauptstraße auf einen Waldweg ab."

„Wir empfangen das Signal auch. Die glauben wohl, dass sie so der Satellitenüberwachung entgehen."

Dr. Paulus lächelte spöttisch. Die Zeitreisenden hatten offensichtlich keine Ahnung, dass ihre Tarnung nutzlos war. Vielleicht würden sie ihn jetzt endlich dorthin führen, wo er hin wollte. Es war riskant gewesen, sie heute derart offen zu verfolgen und dann auch noch die Bundespolizei einzuschalten. Allerdings war er es inzwischen gründlich leid, hier in dieser gottverlassenen Gegend durch Feld und Flur zu stiefeln. Es sah verflixt noch mal fast so aus, als machten diese Zeitreisenden Urlaub! Zumal sie auch noch das Balg dabeihatten ...

Einen Moment lang beschlichen Dr. Paulus Zweifel an seinen Methoden. Vermutlich hatte sich das Kind heute gefürchtet, als die Zeitreisenden die Flucht ergriffen. Natürlich wollte er

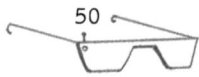

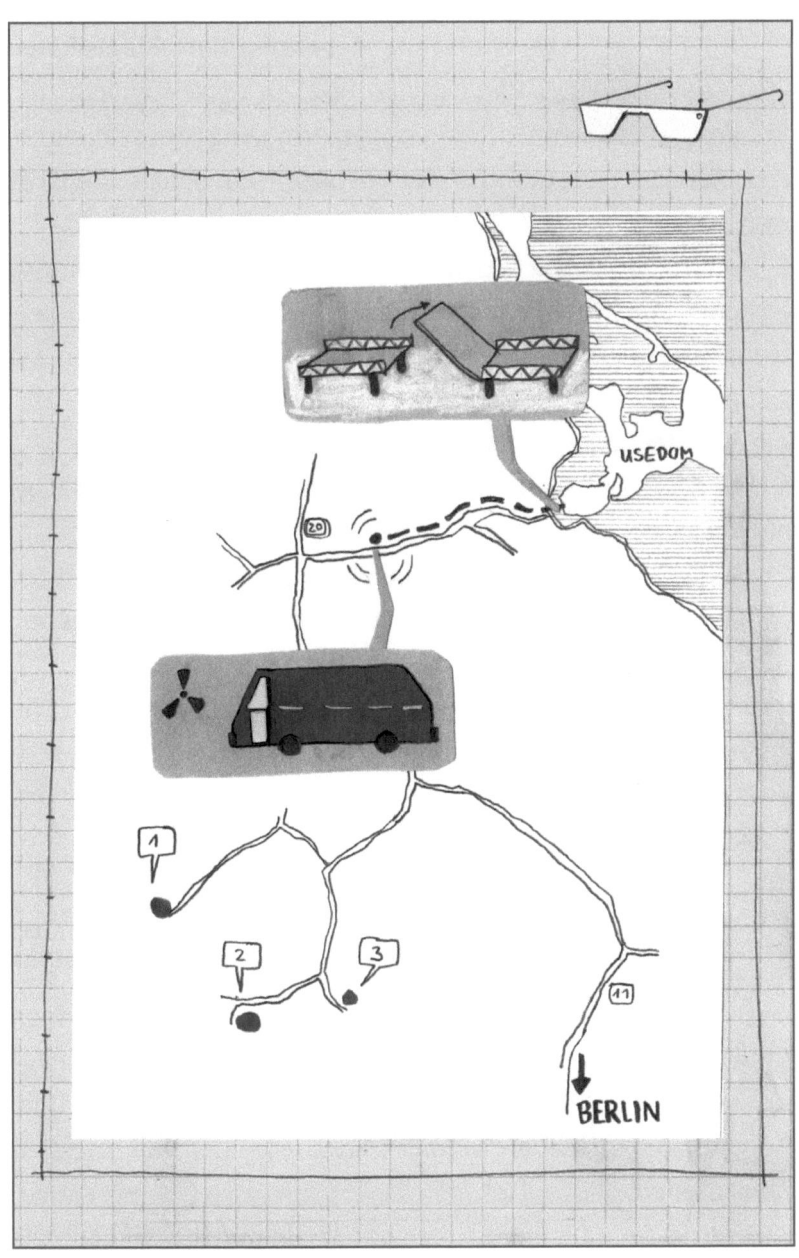

niemandem Angst einjagen. Andererseits ging es ihm ja nicht um Ruhm und Ehre. Nicht nur, jedenfalls. Zum hundertsten Mal sagte sich Dr. Paulus, wie nützlich es sein würde, die Zukunft zu kennen. Es lag in seiner Hand, die Menschheit, ja, den Planeten zu retten! Da war ein bisschen kindliche Angst ja wohl vertretbar.

„Wir haben ihre Route analysiert", kam wieder die Stimme aus dem Sprechfunk. „Mögliche Ziele sind Neustrelitz, Fürstenberg oder ein kleines Kaff namens Lychen. Es sei denn, sie wollen doch nach Berlin."

„Das glaube ich kaum", murmelte Dr. Paulus.

„Und Sie sind sicher, dass sie radioaktives Material dabeihaben?"

„Nach allem, was ich weiß, ja!", log Dr. Paulus.

„Gut. Wir werden Verstärkung anfordern und Straßensperren errichten. Wir halten Sie auf dem Laufenden. Ende."

Dr. Paulus schaltete seine Computerbrille auf Empfang. Wie gut, dass er die Unterstützung der Behörden hatte! Nicht offiziell, natürlich. Aber dafür von ganz oben.

Der Polizist hielt Wort. Um 23.30 Uhr erfuhr Dr. Paulus, dass der Zugriff unmittelbar bevorstand. Der Bus der Zeitreisenden war gerade von einem Waldweg auf die Straße nach Lychen abgebogen und fuhr auf die Straßensperre zu. Dr. Paulus beschleunigte seinen Wagen. Jetzt würden sie sie in die Zange nehmen! Jeden Moment musste er den Bus vor sich fahren sehen!

Stattdessen tauchte unmittelbar vor ihm das Blinklicht der Bundespolizei auf. Dr. Paulus machte eine Vollbremsung. Wo

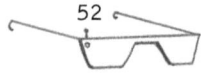

war der verflixte Bus geblieben? Das Ortungsgerät zeigte ihn doch an genau dieser Stelle! Aber da war kein Bus, nur die Polizisten, die irgendeinen PKW kontrollierten. Dr. Paulus fluchte. Diese Idioten!

Mit der linken Hand schlug er so ungestüm auf seinen Brillenbügel, dass ihm das Gerät von der Nase flog, während er gleichzeitig versuchte, den großen Wagen auf der schmalen Straße zu wenden. In dem Moment, als sein Kontaktmann „Ja?" sagte und Dr. Paulus nach der flüchtigen Brille griff, rutschten die Hinterräder in den Straßengraben. Der Wagen saß fest. Wutentbrannt kletterte Dr. Paulus aus dem Auto. Ein Bundespolizist kam auf ihn zugelaufen. „Sie haben sie verloren!", knurrte Dr. Paulus ihn an.

„Sie müssen abgebogen sein!", entgegnete der Polizist. „Dort vorne, der Waldweg!"

Zusammen liefen sie zu der Einmündung. Tatsächlich, da stand der Bus halb versteckt im Gebüsch. Binnen Minuten war das Gelände abgeriegelt und das Fahrzeug untersucht.

„Von radioaktiver Strahlung keine Spur!", meldete ein Beamter, der den Bus mit einem Geigerzähler umrundete.

„Aufbrechen und durchsuchen!", befahl der Einsatzleiter. Das Einzige, was sie sicherstellen konnten, war ein Kinderrucksack im Fußraum des Rücksitzes. Darin befanden sich ein einzelner Handschuh aus einem merkwürdigen, metallischen Material, ein flacher Gegenstand, der ein bisschen aussah wie eine silberne Brotdose und eine kleine Trinkflasche. Außerdem ein halb geschmolzener Riegel Schokolade und jede Menge Chipskrümel.

Während die Polizei den Bus auseinandernahm, schaute Dr. Paulus sich das Gebüsch ringsherum an. Obwohl es inzwi-

schen dunkel war, trug er seine schwarze Brille. Mit einem Knopfdruck aktivierte er den Wärmescanner sowie das eingebaute Nachtsichtgerät. Vielleicht hatten die Zeitreisenden sich ja in der Nähe versteckt? Wenn ja, so würde er ihnen schon auf die Spur kommen. Auf der Brille waren ihre Fotos gespeichert. Das Gerät würde ihm sofort melden, sobald es eine Übereinstimmung entdeckte.

Etwas begann rechts unten in seinem Gesichtsfeld zu blinken. Das grellbunte Thermobild eines Mannes erschien. Dr. Paulus wusste, dass er nur die Körperwärme der Gestalt sah, doch die Brille war in der Lage, auch das Gesicht zuverlässig zu erkennen. Gebannt wartete er und tatsächlich: Die Brille meldete ‚Subjekt identifiziert'. Kaum 25 Meter entfernt stand einer der Zeitreisenden im Unterholz! Jetzt drehte er sich um – das Wär-

mebild veränderte sich – und wurde schwächer. Der Mann lief anscheinend in den Wald hinein.

Dr. Paulus zögerte nicht. Das war seine Chance! Vorsichtig folgte er der Gestalt, die sich zielstrebig den schnurgeraden Waldweg entlangbewegte. Auf einmal blieb der Mann stehen. Dr. Paulus erstarrte. Plötzlich flammte ein grelles Licht auf und Dr. Paulus unterdrückte mit Mühe einen Aufschrei. Der Zeitreisende hatte mit einer Taschenlampe genau in seine Richtung geleuchtet! Halb geblendet nahm Dr. Paulus die Brille ab. Jetzt war nur noch der Strahl der Taschenlampe zu sehen, der sich tanzend entfernte. Offensichtlich lief der Mann!

Dr. Paulus biss die Zähne zusammen und fiel ebenfalls in einen mühsamen Trab. Doch der Zeitreisende war schneller. Noch ein-, zweimal blitzte die Taschenlampe in der Ferne auf, dann war alles finster. Dr. Paulus blieb stehen. Er atmete schwer. So hatte das keinen Sinn. Wo wollte dieser Zeitreisende hin, hier mitten im Wald? Und wo waren die anderen? Es gab nur eine logische Antwort: Ganz in der Nähe musste sich ein Zeittor befinden!

Mit zitternden Händen griff Dr. Paulus seine Brille und aktivierte die Geodaten-Funktion. Sofort blinkten die Koordinaten seines Standortes auf dem hell silbern leuchtenden Schirm. Ein weiterer Tastendruck und eine Karte der Umgebung erschien. Dr. Paulus klickte auf Sehenswürdigkeiten. Es gab nur eine Einzige: die Wüste Kirche von Kastaven, wenige Hundert Meter entfernt. Das musste es sein!

Dr. Paulus setzte sich in Bewegung. Nach kurzer Zeit kam er an eine Kreuzung. Er wollte sich gerade nach links wenden, als er in der Ferne einen Wolf heulen hörte. Dr. Paulus schauderte. Er war schon immer dagegen gewesen, die Wiederansiedlung

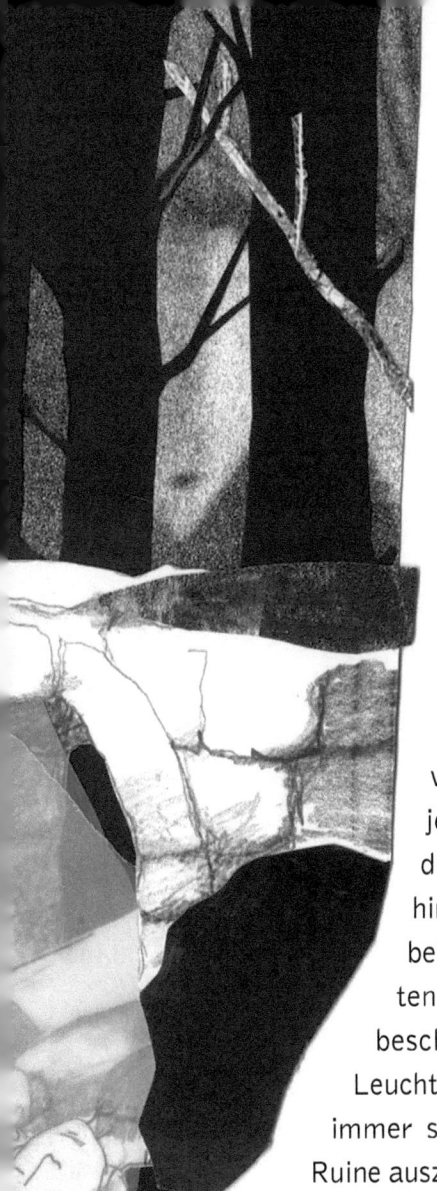

von Wölfen in Deutschland zu fördern. Mittlerweise streunten diese gefährlichen Tiere schon in den Berliner Außenbezirken umher! Von wegen menschenscheu! Blieb nur zu hoffen, dass dieser Wolf hier seine Furcht vor den Menschen noch nicht verloren hatte. Dr. Paulus hatte selbst vor Hunden panische Angst und er verspürte keinerlei Lust, jemals einem leibhaftigen Wolf gegenüberzustehen.

Vorsichtig ging Dr. Paulus weiter. Schräg vor ihm drang jetzt ein helles Leuchten durch die Bäume. Gleichzeitig hörte er hinter sich Stimmen und Hundegebell im Wald. Die Polizisten mussten ihm gefolgt sein. Dr. Paulus beschleunigte seine Schritte. Das Leuchten zwischen den Bäumen wurde immer schwächer. Es schien von einer Ruine auszugehen, einem steinernen Bogen auf einer Lichtung mitten im Wald.

Auf einmal sah Dr. Paulus einen Umriss vor dem Licht, die Gestalt eines Mannes, der unmittelbar vor ihm gebückt von Baum zu Baum lief. Aufgeregt setzte Dr. Paulus ihm nach, nur um über einen Ast zu stolpern und der Länge nach hinzufallen. Fluchend raffte er sich wieder auf. Der Mann rannte auf das verblassende Licht zu. Jemand schrie: „Hände hoch!"

„Nicht schießen!", rief Dr. Paulus.

Der Mann zog etwas aus der Tasche. Er setzte es an den Mund, trank hastig und warf sich unter den Bogen, der immer noch schwach leuchtete. Sein Körper glühte auf und verblasste. Das Zeittor leuchtete blendend hell auf.

Mit einem lang gezogenen „Haaalt!" stürzte Dr. Paulus hinter dem Mann her mitten ins Licht. Jetzt! Das war es! Er würde in die Zukunft reisen!

Er landete hart auf dem Grasboden. Der Zeitreisende war fort. Das Licht um ihn herum verblasste.

„Alles in Ordnung?", fragte eine vertraute Stimme. Sein Kontaktmann.

Eine Welle der Enttäuschung überflutete Dr. Paulus. Es hatte nicht funktioniert. Vor seinen Augen war ein Zeitreisender in dem leuchtenden Tor verschwunden, aber er hatte ihm nicht folgen können. Warum nicht?

„Alles in Ordnung, Dr. Paulus?", fragte sein Kontaktmann noch einmal.

„Alles bestens", antwortete er verbittert.

„Beinah hätten Sie ihn erwischt!", sagte der Polizist. Es sollte anerkennend klingen, hatte jedoch den faden Beigeschmack von Trost.

Während um ihn herum die Polizisten die Lichtung nach Spuren absuchten, saß Dr. Paulus entmutigt unter dem Tor und dachte nach. Warum hatte es nicht geklappt? Was hatte der Zeitreisende anders gemacht als er? Er war auf die Lichtung gelaufen und dann unter das Tor gesprungen.

Nein: Vorher hatte er etwas getrunken! Das musste es sein: ein Mittel, um den Körper auf die Zeitreise vorzubereiten. Eine Zeitreisedroge! Wie einleuchtend. Warum war Dr. Paulus nicht früher darauf gekommen? Er hätte den Bus durchsuchen lassen und eine Probe nehmen können. Eine Formel, eine einfache Formel! Es war zum Haare-Ausreißen. Jetzt, wo er endlich das Geheimnis kannte, war es zu spät. Die Zeitreisenden würden sich hüten, ihm noch einmal in die Falle zu gehen. Wahrscheinlich würden sie überhaupt nicht mehr in diese Zeit zurückkehren!

„Kommen Sie?"

Die Polizisten machten sich bereit zu gehen. Resigniert stand Dr. Paulus auf. Dabei spürte er etwas Hartes unter seinem Fuß. Er bückte sich und hob es auf. „Gehen Sie schon mal vor", sagte er zu seinem Kontaktmann. „Ich komme gleich nach."

„In Ordnung." Die Bundespolizei zog ab.

Als die Lichtung leer war, besah sich Dr. Paulus seinen Fund. Es war ein Galileo-Navigationsgerät. Vielleicht ... Er tippte ‚Letzte Ziele'. Eine Liste erschien: ‚Sähle, Zecherin, Wildpark Chorin'. In der Tat, das Gerät hatte den Zeitreisenden gehört! Nun, unter Umständen fand sich noch eine brauchbare Spur. Dr. Paulus steckte es in die Tasche und wollte sich gerade zum Gehen wenden, als ihn etwas zurückhielt. Irgendetwas hatte sich verändert. Zuerst erkannte er nicht was, doch bald fiel ihm auf, dass er den Steinbogen trotz der Dunkelheit sehen konnte. Das Zeittor! Es begann wieder zu leuchten! Was hatte das zu bedeuten? Kamen die Zeitreisenden etwa wieder zurück? Schnell versteckte sich Dr. Paulus am Rande der Lichtung hinter einem Baum. Vielleicht hatten sie das Galileo vergessen und kamen, um es zu holen? War es unter Umständen wichtig!?

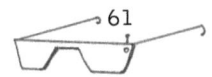

Dr. Paulus hatte eine Idee. Hastig kramte er in seinen Taschen und förderte einen kleinen Peilsender zutage. Er öffnete das Batteriefach des Galileo und klebte den Sender an die Innenseite. Darauf schloss er das Fach wieder und legte das Gerät neben das schimmernde Tor ins Gras. Er zog sich zurück und wartete gespannt. Das Tor strahlte heller und heller. Und dann erschien etwas darunter. Ein kleiner Umriss, erst ganz schwach, dann immer deutlicher: ein Kind. Der Körper leuchtete kurz auf und das Licht verblasste.

„Mama?"

Dr. Paulus setzte seine Brille auf. Schemenhaft sah er, wie das Kind sich aufsetzte. Erneut heulte der Wolf in der Ferne. Das Kind begann zu weinen. Dr. Paulus widerstand der Versuchung, es zu trösten. Er war verwirrt, aber neugierig. Wieso tauchte das Kind der Zeitreisenden wieder hier auf, ganz allein? Er beschloss abzuwarten. Vielleicht kamen ja noch andere zurück.

Doch nichts passierte. Das Kind hockte unter dem Tor und rührte sich nicht. Langsam versiegte sein Schluchzen. Dann begann es zu regnen. Dr. Paulus wurde allmählich ungeduldig. Schon dämmerte fahl und grau der Morgen. Was sollte das Ganze? War da vielleicht irgendetwas schiefgegangen?

Plötzlich fiel ihm der Kinderrucksack im Bus ein. Wieso war der Zeitreisende, den er verfolgt hatte, eigentlich beim Bus zurückgeblieben? Oder war er vielleicht gar nicht

zurückgeblieben? War er etwa zurückgekommen? Um etwas zu holen, vielleicht? Obwohl die Polizei hinter ihnen her war? Es musste etwas Wichtiges sein – etwas, ohne das sie nicht zurück in die Zukunft konnten. Etwas, das in dem Kinderrucksack steckte.

Die Trinkflasche!

Das musste es sein. Das Kind hatte das Mittel im Bus vergessen, das ihm ermöglichte, durch die Zeit zu reisen. Das würde erklären, warum es nicht in die Zukunft zurückgekehrt war. Dr. Paulus rätselte zwar, wieso es überhaupt erst hatte verschwinden können, aber das war jetzt unerheblich. Er musste so schnell wie möglich diese Trinkflasche in seinen Besitz bringen. Hoffentlich kam niemand auf die dumme Idee, den Inhalt auszukippen! Ihm lief es heiß und kalt über den Rücken bei dem Gedanken. Sollte er sich leise davonschleichen? Oder sollte er sich vorher das Kind schnappen? Jetzt musste er gut überlegen. Es würde ihm schon nicht entwischen, hier mitten im Wald.

In dem Moment bewegte sich das Kind. Es hielt etwas Helles in der Hand. Ein kleines Bild erschien vor ihm in der Luft. Dr. Paulus strengte seine Augen an: Es sah aus wie eine Figur aus Licht. Jetzt veränderte sich das Bild. Dr. Paulus hörte ein metallisches Flüstern, war aber zu weit entfernt, um die Worte zu verstehen. Dann verschwand das Licht. Das Kind stand auf. In der Morgendämmerung erkannte Dr. Paulus die halblangen, dunkelblonden Haare und abstehenden Ohren des Jungen, der zu den Zeitreisenden gehörte. Er lief hin und her und suchte etwas. Da, jetzt hatte er das Galileo gefunden. Er hob es auf und tippte etwas ein.

Dr. Paulus rieb sich die Hände. Wie vorausschauend von ihm, den Sender in dem Navigationsgerät zu verstecken! Wer weiß, vielleicht würde das Kind ihn zu einem anderen Zeittor führen? Irgendwie musste es ja zu seinen Eltern zurückkommen! Wie gut, dass er in seinem Versteck geblieben war!

Gebannt beobachtete er, wie der Junge jetzt einen Zettel aus seiner Hosentasche zog und bekritzelte. Eine Botschaft! Das wurde ja immer besser! Der Junge kletterte auf das Steintor und von da aus auf einen Baum, versteckte das Papier und kletterte wieder herunter. Darauf zog er eine Art Messer aus der Hosentasche und schnitt etwas in die Baumrinde. Schließlich ging er zögernd davon, in den Wald hinein.

Als alles ruhig war, kam Dr. Paulus aus seinem Versteck hervor. Zuerst musste er sich um den Rucksack kümmern. Er tippte an seine Brille.

„Wir haben uns schon Sorgen gemacht, wo Sie bleiben", meldete sich sein Kontaktmann bei der Polizei.

„Alles in Ordnung, danke. Sie haben doch den Rucksack aus dem Bus sichergestellt?"

„Selbstverständlich!"

„Ich möchte ihn gern untersuchen. Rühren Sie bitte den Inhalt nicht an!"

„Das ist leider schon geschehen!"

„Was?"

„Naja, dieser Handschuh, Sie erinnern sich? Stellen Sie sich vor, er produziert holografische Bilder! Kollege Pflaume hat herausgekriegt, wie er funktioniert. Er, ähm, spielt gerade damit."

Dr. Paulus prustete verärgert. „Was ist mit den anderen Sachen?"

„Die liegen hier noch. Sieht nicht nach Schmuggelware aus."

„Behalten Sie sie im Auge. Oder besser noch, schicken Sie alles nach Berlin, in mein Labor."

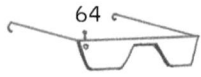

„Wird gemacht. Wir haben übrigens ihren Wagen aus dem Graben gezogen."

„Ich bin Ihnen sehr verbunden." Dr. Paulus tippte wieder auf den Bügel. „Ulrike?"

„Ja, Dr. Paulus?"

„Ich lasse Ihnen gerade ein paar Sachen ins Labor schicken. Unter anderem eine Trinkflasche. Bitte analysieren Sie den Inhalt so schnell wie möglich!"

„Wird gemacht!"

„Und, Ulrike ..."

„Ja?"

„... gehen Sie äußerst sorgsam damit um. Höchste Sicherheitsstufe. Und kein Wort nach außen."

„Das klingt spannend!"

„Ist es auch. Ich erkläre es Ihnen später. Nur so viel: Es könnte den Durchbruch bedeuten!"

„Ich werde mich augenblicklich darum kümmern!"

Dr. Paulus nahm die Brille ab, klappte sie zu und seufzte zufrieden. Das war erledigt. Nun zu der Botschaft! Er ging zum Baum, besah sich das seltsame Schnitzwerk in der Rinde und spähte hinauf. Seine Zufriedenheit schwand. Wie bitte sehr sollte er da hochkommen? Er streckte sich und ergriff einen Ast, dann einen zweiten. Einen Moment lang hing er an seinen ausgestreckten Armen und ruderte mit den Beinen, bevor ihn die Kräfte verließen und er zu Boden plumpste. Dr. Paulus fluchte. So hatte das keinen Zweck! Es war Jahrzehnte her, dass er auf einen Baum geklettert war. Doch es half alles nichts. Er musste hinauf, wenn er diesen Brief haben wollte. Wie war der Junge noch gleich nach oben gelangt? Ah ja, über den Steinbogen ...

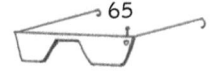

Das ging etwas besser. Mühsam kraxelte Dr. Paulus auf die schulterhohe Ruine. Beinah wäre er abgerutscht, als ein loser Stein abbrach. Als er endlich auf dem Bogen stand, war er schweißgebadet. Was tat man nicht alles für die Wissenschaft! Er packte einen Ast und zog sich auf den Baum. Der dünne

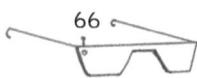

Stamm schwankte unter seinem Gewicht. Noch ein bisschen höher, da war das Astloch. Dr. Paulus griff hinein und bekam den Zettel zu fassen. Im selben Moment verlor er das Gleichgewicht. Vergebens suchte er mit den Füßen Halt. Er glitt ab, stürzte krachend durch das Geäst und landete mit einem Ruck auf dem Rücken, der ihm die Luft aus den Lungen trieb. Ein paar Blätter segelten hinab und fielen sanft auf sein Gesicht.

Dr. Paulus ächzte. Langsam wälzte er sich auf die Seite. In der Hand hielt er den Zettel. Er entfaltete ihn und las:

,Bin nach Berlin unterwegs, wie der Engel gesagt hat. J.'

Ein Lächeln breitete sich auf Dr. Paulus' Gesicht aus. Soso, dachte er, es geht also nach Berlin! Das machte die Sache einfacher. Zu Fuß würde der Junge ein Weilchen brauchen. Dr. Paulus stand auf, klopfte seine Hosen ab und humpelte durch den Wald zurück zu seinem Wagen. Er startete den Motor und fuhr ins nächste Städtchen. Dort nahm er ein Hotelzimmer, duschte und frühstückte erst einmal ausgiebig.

Danach ging er auf sein Zimmer und schaltete den Peilsender auf Empfang.

Den ganzen Vormittag lang beobachtete Dr. Paulus die Wanderung des Jungen auf dem Schirm seiner Brille. Erstaunlicherweise lief das Kind zunächst nicht, wie er erwartet hatte, nach Süden in Richtung Berlin, sondern nach Westen mitten in den Wald hinein. Wo wollte es hin? Konnte es vielleicht das Galileo nicht lesen? Oder wollte es einen Umweg machen, um den Verfolgern auszuweichen, die im Süden die Straßensperre errichtet hatten? Das machte Sinn. Tatsächlich schien der Junge zielstrebig einem Waldweg zu folgen, der in weitem Bogen über die Straße zurück nach Süden führte.

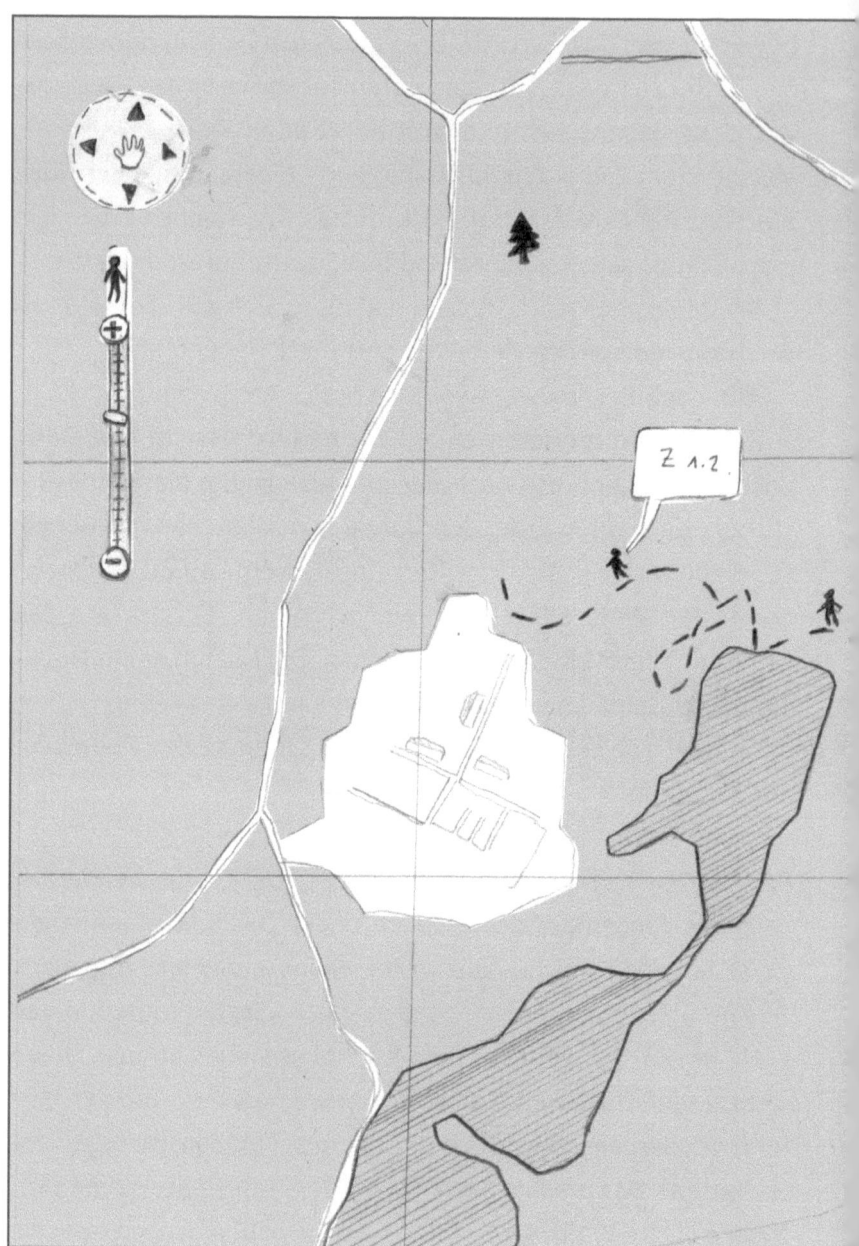

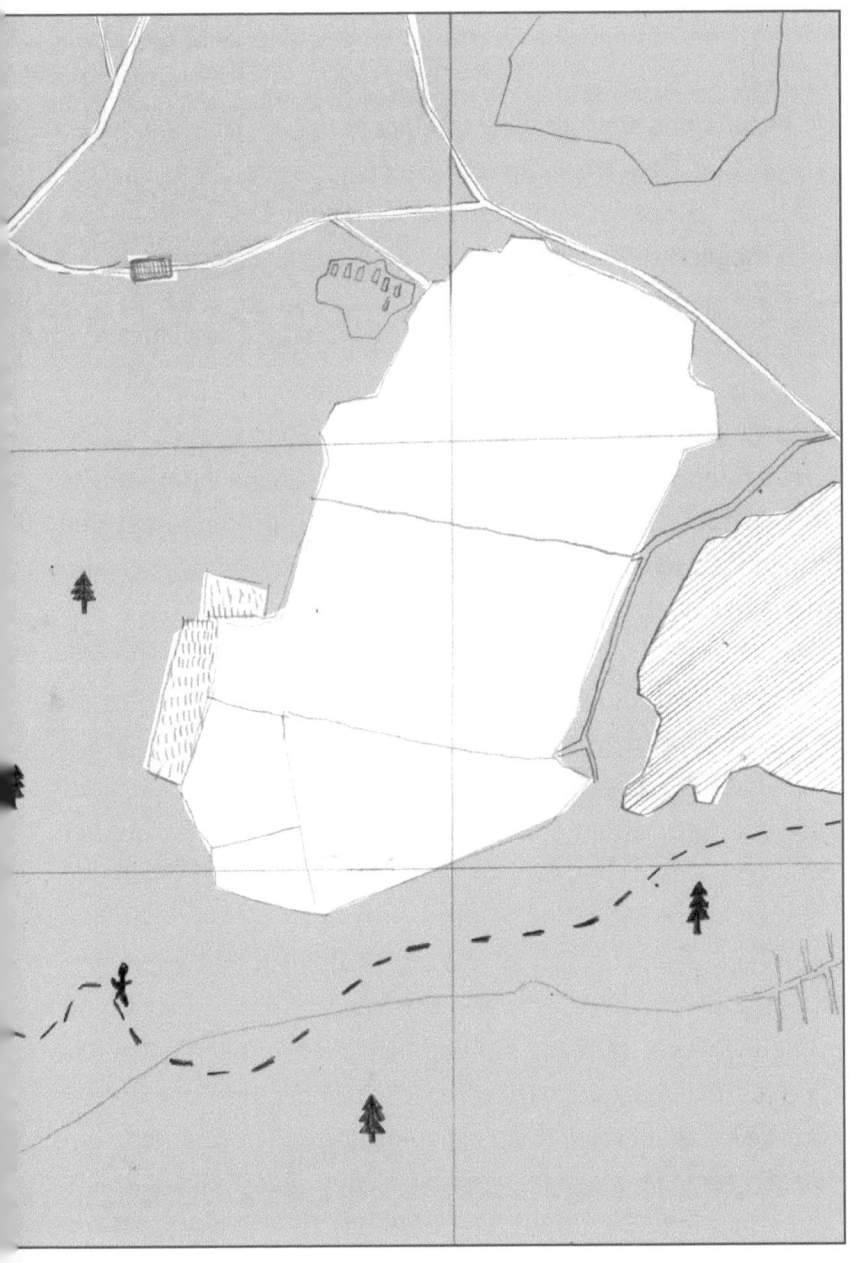

Dr. Paulus gähnte. Er öffnete das Fenster. Es war noch nicht Mittag, aber schon sehr warm. Ein See schimmerte grün zwischen den Feldern. Am Horizont ballten sich dunkle Wolken. Dr. Paulus rieb sich die Augen, klappte das Fenster wieder zu und ging ins Bad. Nachdenklich betrachtete er sich im Spiegel. Vielleicht sollte er Kontakt zu dem Kind aufnehmen? Es müsste doch möglich sein, das Vertrauen des Jungen zu gewinnen. So ein Kind, ganz allein unterwegs, wäre gewiss dankbar für jede Hilfe. Sofern der Junge ihn nicht erkannte. Aber wie sollte er ...

Dr. Paulus dachte zurück an ihre Begegnung im Tierpark. Er hatte die Computerbrille aufgehabt, um die Zeitreisenden heimlich zu fotografieren. Ohne Brille würde der Junge ihn bestimmt nicht wiedererkennen, oder? Er strich sich prüfend über den grauen Bart. Glatt rasiert sah er immer zehn Jahre jünger aus. Kurz entschlossen griff er zu seinem Rasierzeug.

Als er ohne Bart ins Zimmer zurückkam, hatte der Himmel sich verfinstert. Ein Gewitter zog auf. Einzelne schwere Regentropfen platschten gegen das Fenster. Dr. Paulus warf einen Blick hinaus. Es war unheilvoll düster. Ein Blitz zuckte grell über den See. Wenig später fiel eine graue Regenwand über Wald und Wasser her. Binnen Minuten schwammen Wege und Straßen in der Sturzflut.

Dr. Paulus wandte sich ab und überprüfte den Peilsender. Das Blinksignal kroch ein Stück nach Norden, dann zurück und schließlich im Zick-Zack hin und her. Offensichtlich hatte das Kind die Orientierung verloren. Kein Wunder, bei dem Wetter hatte das Galileo vermutlich keinen Empfang. Es musste ungemütlich sein, da draußen im nassen Wald. Fast tat der kleine Junge ihm leid. Dr. Paulus rieb sich das frisch rasierte Kinn. Jetzt bewegte der Punkt sich nicht mehr. Vielleicht hatte das

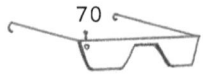

Kind einen Unterschlupf gefunden? Sicher hatte es das ...
Solange es so schüttete, konnte der Junge wohl kaum weitergehen.

Dr. Paulus ahnte nicht, dass Jochanan in diesem Moment klatschnass unter einem Baum stand. Er hatte sich hoffnungslos im Wald verirrt und zitterte vor Kälte und Hunger. Hätte Dr. Paulus ihn so sehen können, wäre er vielleicht nicht ruhig auf dem Sofa seines Hotelzimmers eingeschlafen, während draußen der Sturm tobte. Vielleicht wäre er sogar losgefahren, um Jochanan zu helfen? So aber forderte die Müdigkeit nach der durchwachten Nacht ihren Tribut. Während das Gewitter sich austobte und Jochanan unter seinem Baum vergeblich versuchte, dem peitschenden Regen zu entgehen, schlief Dr. Paulus tief und traumlos.

Nur ab und zu schnarchte er leise.

Als Dr. Paulus erwachte, war es Abend. Mit einem Ruck fuhr er hoch. Die Sonne glänzte tief über dem See. Alles sah aus wie frisch gewaschen. Einen Moment lang hatte er keine Ahnung, wo er war. Als es ihm wieder einfiel, sprang er mit einem verärgerten „Mist!" vom Sofa hoch. Ein Blick auf den Schirm bestätigte seine schlimmsten Befürchtungen: Das Blinken des Peilsenders war verschwunden.

„Mist, Mist, Mist!", fluchte Dr. Paulus vor sich hin, während er hastig Knöpfe drückte. Vergeblich: Er bekam kein Signal herein. Nach einer Weile ließ er sich schwer aufs Sofa fallen. Ganz ruhig, dachte er bei sich. Gehen wir logisch vor. Warum empfange ich kein Signal? Es gibt drei Möglichkeiten. Entweder das Kind ist mittlerweile zurück in der Zukunft und hat

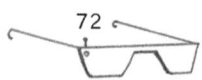

das Galileo mitgenommen. Oder aber der Regen hat das Gerät außer Betrieb gesetzt. Vielleicht funktioniert es wieder, wenn es trocken ist, vielleicht ist es kaputt. Das wäre schlecht. Dritte Möglichkeit: Irgendetwas störte den Sender. Konnte der Junge in ein Gebäude gegangen sein?

Dr. Paulus rief sich die Umgebungskarte auf den Brillenschirm. Da, was war das für ein unmarkiertes Gelände? Er zoomte dichter und erkannte verfallene Häuser. Eine Menge davon. Ein verlassenes Dorf? Dafür schien es zu weitläufig.

Eine schnelle Internetsuche brachte die Lösung: Mitten in dem Waldstück rottete ein Waffenlager aus dem Kalten Krieg vor sich hin. Eine sowjetische Kaserne, benannt nach dem Nachbardorf Neuthymen. Was, wenn der Junge sich vor dem Regen dorthin geflüchtet hatte? In den abgeschirmten Betonbunkern wäre der Peilsender nutzlos.

Es gab nur einen Weg, dies herauszufinden: Dr. Paulus musste sich persönlich Gewissheit verschaffen. Aber es dämmerte schon. Heute Abend hatte es keinen Zweck mehr, auf dem weitläufigen Gelände zu suchen. Wäre er bloß nicht eingeschlafen! Allerdings würde auch der Junge nach dem anstrengenden Tag irgendwo untergekrochen sein. Morgen früh also, sofern das Signal bis dahin nicht wieder da war.

Kaum, dass die Sonne am nächsten Morgen über den Bäumen erschien, war Dr. Paulus auch schon unterwegs nach Neuthymen. Das Frühstück hatte er sich als Picknick einpacken lassen. Er hatte schlecht geschlafen und war unruhig. Nach wie vor empfing er kein Signal.

Nach einer halben Stunde Fahrt durch die ewigen Kiefernwälder erreichte er das von einer Mauer umgebene Kasernen-

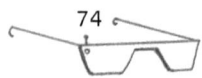

gelände. Auf das aus den Angeln gerissene Metalltor waren mit roter Schrift kyrillische Buchstaben gekrakelt. Daneben hing ein Schild mit blauem Rand und der Aufschrift:

Dr. Paulus schüttelte den Kopf. Wenn der Junge hier Schutz gesucht hatte, war er hoffentlich auf den Wegen geblieben!

Hinter dem Tor erstreckte sich eine düstere Tannenallee. Zwischen Betonplatten wuchsen hüfthohe Gräser. Vorsichtig folgte Dr. Paulus dem Weg. Immer wieder kontrollierte er den Peilsender. Das Gelände schien riesig zu sein. In der Ferne sah man Hochhäuser, Bunker und Schießstände.

Nach einiger Zeit erreichte er ein rostiges Gatter mit einem Sowjetstern in der Mitte. Und da, endlich, empfing er tatsächlich wieder ein Signal! Sein Instinkt hatte ihn also nicht getäuscht! Ganz schwach, mit Unterbrechungen, blinkte es auf

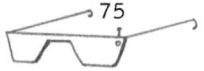

dem Schirm. Es schien von rechts zu kommen. Dr. Paulus wandte sich in diese Richtung. Hinter einem großen Hof lag ein Gebäude, das wie eine gigantische Garagenhalle mit vier Eingängen aussah.

Vorsichtig näherte er sich den Toren. Als er näher kam, entdeckte er eine geöffnete Konservendose mit russischer Aufschrift auf dem Boden. Sie war halb voll mit unappetitlich riechender Suppe. Natürlich, das Kind musste halb verhungert sein! Wie gut, dass er das Picknick dabeihatte. Unauffällig zog er die Brille aus der Tasche und überprüfte noch einmal das Signal. Es blinkte stärker und kam eindeutig aus dem Garagengebäude. Sicher versteckte sich der Junge vor ihm. Nun, er würde ihn schon finden.

Wie zufällig schlenderte Dr. Paulus an den Garagenöffnungen entlang, bis er im Dunkeln eine Bewegung sah. Er spähte in den verfallenen Raum. „Ist da jemand?", fragte er in betont überraschtem Tonfall.

Keine Antwort.

Dr. Paulus ging hinein. Die Halle war riesig, der Fußboden herausgerissen und von Unrat übersät. Ganz hinten in der Ecke fand er eine Grube voller Müll. Darin kauerte ein Häuflein Elend: das Zukunftskind.

Dr. Paulus hockte sich an den Rand des Lochs. Der Junge umklammerte etwas, das aussah wie ein Messergriff. Dr. Paulus tat so, als sähe er es nicht. „Nanu, wen haben wir denn da? Was machst du denn da unten, so ganz allein?", fragte er freundlich.

Keine Antwort.

„Hast du dich verlaufen?"

Keine Antwort.

„Oder bist du ausgerissen? Wie kommst du hierher?"

Keine Antwort.

Dr. Paulus seufzte. Was für ein zäher kleiner Bursche! Er änderte seine Strategie. „Also, wenn du nichts sagen willst, ist das in Ordnung. Aber vielleicht hast du ja Hunger?" Prüfend sah er auf das Kind herab. Er zog das Picknick aus der Tasche und hielt ein belegtes Brötchen lockend in die Grube hinein.

Der Junge warf einen sehnsüchtigen Blick darauf, rührte sich jedoch nicht.

Widerstrebend setzte Dr. Paulus sich an den Rand des schmutzigen Lochs und ließ die Beine baumeln. „Du brauchst keine Angst vor mir zu haben", sagte er beruhigend. „Ich tue

dir schon nichts. Ich bin nur zufällig hier. Ich interessiere mich für, ähm, alte Orte wie diesen hier. Orte aus einer anderen Zeit ... "

Er brach ab. So würde das nie etwas werden! Dr. Paulus beschloss, ein kleines Risiko einzugehen. „Übrigens habe ich noch nichts gefrühstückt", sagte er. „Aber hier drinnen ist es nicht sehr gemütlich. Draußen scheint die Sonne! Ich werde jetzt also wieder rausgehen und da draußen picknicken. Wenn du möchtest, gebe ich dir gerne etwas ab. In Ordnung? Ich bin also draußen." Damit stand er auf und entfernte sich. Voller Spannung breitete er unmittelbar vor dem Tor seine Vorräte auf dem Boden aus: eine Salami, zwei Käsebrötchen, einen Schokoriegel und eine Flasche Orangensaft.

Nach kurzer Zeit hörte er leise Schritte. Er widerstand der Versuchung sich umzusehen. Wenn der Junge jetzt davonlief, war es zwar ärgerlich, aber keine Katastrophe. Er hatte ja immer noch den Sender. Obwohl er nach wie vor keinen Hunger verspürte, nahm Dr. Paulus die Salami und biss hinein. Aus dem Augenwinkel sah er, dass das Kind sich an der Wand neben dem Tor herumdrückte.

„Verrätst du mir wenigstens deinen Namen?", fragte Dr. Paulus mit vollem Mund.

Der Junge kam zögernd näher. „Jochanan", sagte er kaum vernehmbar.

„Paulus", sagte Dr. Paulus und hielt ihm ein Käsebrötchen hin. Jochanan griff zu.

Eine gute halbe Stunde später waren sie auf dem Weg zum Auto.

„Gut, dass ich dich gefunden habe!", sagte Dr. Paulus gerade. „Sonst kommt hier selten jemand vorbei. Die Gegend

ist ziemlich einsam. Du hättest lange laufen müssen, bis du ein Dorf gefunden hättest!"

Jochanan nickte stumm.

„Deine Lehrer hätten aber auch besser auf dich aufpassen müssen!", fuhr Dr. Paulus fort, so als glaube er die Geschichte mit dem Schulausflug und dem Sich-Verlaufen, die der Junge ihm aufgetischt hatte. „Unverantwortlich, dass sie einfach ohne dich weggefahren sind!"

„Vielleicht suchen sie mich ja", murmelte Jochanan. „Oder sie warten im Hotel."

„Wo war das noch? Ich könnte dich auch da hinbringen!", bot Dr. Paulus an. „Oder willst du vielleicht lieber jemanden anrufen?"

„Anrufen?", sagte Jochanan verwundert. „Äh, nein. Nein danke. Wir, wir haben hier kein", er suchte nach dem Wort, „kein Handy. Ich will lieber gleich nach Hause. Wenn es keine Umstände macht."

„Kein Problem, ich fahre sowieso zurück nach Berlin", sagte Dr. Paulus fröhlich.

Beim Auto angekommen, ließ er Jochanan hinten einsteigen. Während er die Vordertür öffnete, holte er die verräterische Brille aus seiner Hosentasche und ließ sie verstohlen ins Türfach gleiten. Gut, dass er daran gedacht und sich nicht auf das wertvolle Stück gesetzt hatte!

„Und wo in Berlin wohnst du?", fragte Dr. Paulus.

Jochanan zögerte kurz, bevor er antwortete: „In der Mitte."

„Aha. Berlin-Mitte also."

„Ja. Sie könnten mich aber auch an der Mauer absetzen, dann finde ich den Weg schon."

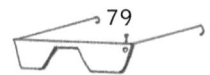

„An der Mauer?", fragte Dr. Paulus erstaunt. „Die gibt es doch seit über 40 Jahren nicht mehr!"

Jochanan schwieg verwirrt.

Dr. Paulus war mindestens ebenso verwirrt. Was sollte das denn bedeuten? Es war ja wohl unmöglich, dass dieser Junge hier aus der Vergangenheit kam?

„Meinst du vielleicht die Gedenkstätte an der Bernauer Straße?", fragte er vorsichtig. Das war immerhin möglich. Dort stand noch ein Stück der alten Berliner Grenzmauer. Gab es da etwa ein Tor?

Jochanan schüttelte unglücklich den Kopf.

„Na, macht nichts", sagte Dr. Paulus. „Wir fahren erst mal in die Stadt, dann werden wir schon sehen."

Kurz vor Berlin hielt Dr. Paulus an einem Rasthof an, um heimlich zu telefonieren. „Dein Magen knurrt ja immer noch!", sagte er zu Jochanan. „Bleib sitzen, ich hole uns nur kurz etwas zu essen. Magst du Kartoffelchips?"

Jochanan nickte. Der Junge schien ganz ausgehungert zu sein. Dr. Paulus stieg aus, aktivierte die Kindersicherung und verriegelte die Türen.

In der Raststätte griff Dr. Paulus nach seiner Brille, fand sie jedoch nicht in der gewohnten Tasche. Natürlich, er hatte sie ja im Auto gelassen. Zu dumm, da kam er jetzt nicht ran. Nun, die Nummer des Labors kannte er auswendig. Er ging zur Kasse und bat darum, das Handy benutzen zu dürfen. Zu seinem Verdruss erfuhr er, dass der Rucksack noch nicht im Labor angekommen war. Er gab Anweisungen, ihn nach Eintreffen umgehend zu benachrichtigen. Anschließend beauftragte er Ulrike,

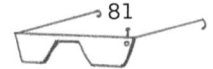

im Verteidigungsministerium anzurufen. „Sagen Sie ihnen, ich bringe eine Überraschung mit", meinte er geheimnisvoll. „Ja, sehr erfolgreich. Wir sind so nah dran! – Wie? Nein, nicht am Telefon. Ich melde mich, sobald ich da bin. In einer halben Stunde etwa. Es wäre schön, wenn Sie uns etwas zu essen besorgen würden. Und noch etwas: Machen Sie bitte das Gästezimmer zurecht. – Ja genau, das Gästezimmer! Und sperren Sie die Fenster ab."

Sehr zufrieden mit sich kaufte Dr. Paulus eine Packung Kartoffelchips mit Chili und kehrte zum Auto zurück. Jochanan rutschte unruhig auf dem Sitz hin und her.

„Alles klar?", fragte Dr. Paulus mit einem forschenden Blick ins Wageninnere.

„Ja, ähm, es ist nur, ich muss mal", sagte Jochanan und wurde rot.

Dr. Paulus seufzte. Auch das noch. „Na, komm mal mit." Er entriegelte die Tür und begleitete Jochanan ins Rasthaus.

„Es dauert ein bisschen", murmelte Jochanan, bevor er durch den Kindereingang in der Toilette verschwand.

„Kein Problem!"

Dr. Paulus lehnte sich gegen die Wand und wartete.

Es dauerte tatsächlich. Was machte der Junge bloß so lange auf dem Klo?

Draußen fuhr ein Bus vor. Eine Horde Kinder strömte heraus, verteilte sich im Eingangsbereich und drängte in die Toiletten. Dr. Paulus warf einen Blick durch die geöffnete Tür. Jochanan war nirgendwo in dem Kindergewusel zu sehen.

Auf einmal traf ihn etwas schmerzhaft an der Seite. Ein schlaksiger, rotblonder Junge hatte ihn angerempelt und war

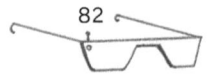

selbst zu Boden gestürzt. „Kannst du nicht aufpassen?",
schimpfte Dr. Paulus.

„Entschuldigen Sie. Sorry!", rief der Junge. Er rappelte sich
hoch und lief nach draußen. Kinder drängelten sich vor den
Türen des Busses. Der Fahrer schloss das Gepäckfach und stieg
ein.

Kopfschüttelnd wandte Dr. Paulus sich ab. Jochanan war
immer noch nicht wieder aufgetaucht. Langsam wurde er unruhig. Er öffnete die Tür zum Toilettenvorraum und spähte hinein.
Keine Spur von dem Kind. Dr. Paulus versuchte, sich durch den
Kindereingang zu drängen.

„Heda, zahlen!", rief ein Putzmann.

„Ich suche nur jemanden!", erwiderte Dr. Paulus.

„Das kann ja jeder sagen", schimpfte der Putzmann.

Ärgerlich zog Dr. Paulus seine Geldkarte durch den Scanner
und stemmte sich gegen das Drehkreuz. Der Toilettenvorraum
war leer. Dr. Paulus schritt die Kabinen ab. Alle frei. Mit wach-
sender Besorgnis drückte er eine Tür nach der anderen auf.
Nichts! Keine Spur von Jochanan! Und dennoch musste der
Junge hier drinnen sein. Dr. Paulus hatte doch die ganze Zeit
vor dem einzigen Ausgang gestanden! Er stürzte wieder nach
draußen. Vor dem Fenster fuhr gerade der Bus mit den Kindern
ab. Der rotblonde Junge winkte ihm zu. War da ein spöttisches
Grinsen in seinem Gesicht oder bildete er sich das nur ein?

Dr. Paulus sah sich suchend um. Wo war Jochanan? Da fiel
ihm der Peilsender ein. Eilig lief er zum Auto und fühlte im Türfach nach der Brille.

Das Türfach war leer. Die Brille war verschwunden!

Schlagartig ging Dr. Paulus ein Licht auf. Der Junge musste
sie genommen haben! Dieses verschlagene kleine Biest! Die

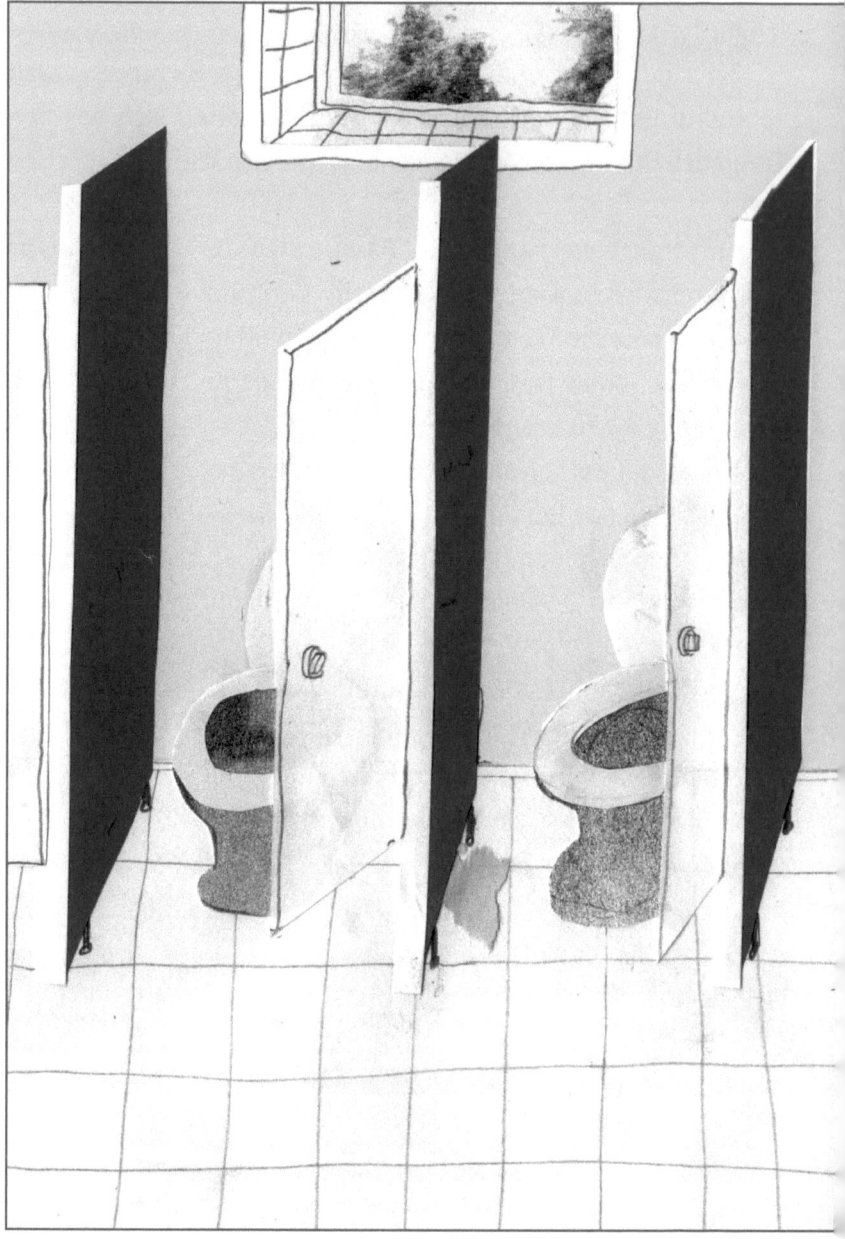

Geschichte mit dem Klo war nichts als eine Ausrede gewesen, um ihm zu entwischen. Aber wie?

Dr. Paulus sah dem Bus hinterher, der eben auf die Autobahn abbog. Natürlich ...!

Zähneknirschend setzte er sich hinters Steuer und ließ den Motor an. Er musste sofort einen Ersatz-Empfänger aus dem Institut holen, damit er den Peilsender wieder orten konnte. Selbst wenn er den Bus aus den Augen verlor, konnte er den Jungen leicht wiederfinden, solange der Sender funktionierte.

Und ein zweites Mal würde das Zukunftskind ihm nicht wieder entkommen!

Merlin

Versteckspiel in Berlin

Merlin saß im Bus und war schlecht gelaunt. Er hatte mal wieder einen Platz ganz hinten, da, wo es schaukelte, und ihm war übel. Missmutig knabberte er Salzstangen, das half etwas. Die anderen Kinder erzählten Witze.

„Kennst du den?", fragte Sebastian, der neben ihm saß. „Fritzchen ist bei seiner Oma. Er mag die Suppe nicht. Sagt die Oma: Iss jetzt, sonst hole ich den bösen Wolf! Sagt Fritzchen: Der frisst die auch nicht!"

Merlin grinste. „Nicht übel!", sagte er. „Obwohl mir dieses ganze Böse-Wolf-Gelaber auf den Keks geht. Willst du mal meinen Lieblingswitz hören?"

„Klar!"

„Okay. Treffen sich zwei Planeten im Weltall. Wie geht's?, fragt der eine. Schlecht, schlecht, antwortet der andere, ich hab Homo sapiens!"

„Homo was?", fragte Sebastian dazwischen.

Merlin seufzte. „Der Mensch, du Idiot! Homo sapiens. Das ist Latein!"

„Ach so. Kann ich doch nicht wissen! Sehr lustig ... "

„Geht noch weiter!", sagte Merlin. „Also, ich hab Homo sapiens, sagt der andere. Sagt der Erste: Das geht vorbei!"

Sebastian stöhnte. „Mann, du und dein Ökofimmel! Bist du eigentlich immer noch bei Greenpeace?"

„Klar!", antwortete Merlin. „Is cool."

Der Bus bog ab und fuhr auf einen Rastplatz. „Toilettenpause!", verkündete der Fahrer. „Braucht jemand etwas aus dem Gepäckfach?" Mehrere Mädchen meldeten sich.

Merlin kletterte nach draußen und atmete tief ein. Staubige Luft füllte seine Lungen. Er verzog das Gesicht und lief hinter den anderen Kindern her zur Toilette. Ungeduldig wartete er auf eine freie Kabine. Endlich ging eine Tür auf. Merlin stutzte. Vor ihm stand der seltsame Junge, der vorgestern am Strand beinah ersoffen wäre. Der mit dem coolen Schreibpad und dem komischen Namen: Jochanan, oder so ähnlich.

„Das ist ja ne Überraschung!", sagte Merlin. „Was machst du denn hier? Ich dachte, ihr wolltet gestern schon nach Hause!?"

Der Junge sah ihn mit einem wilden Blick an. Er war blass und zitterte. An seiner Nase klebte etwas Blut.

„Ist alles in Ordnung?", fragte Merlin besorgt.

Der Junge schüttelte heftig den Kopf.

„Nein", sagte er, „nichts ist in Ordnung." Er sah zur Tür und zögerte. „Kannst du mir vielleicht helfen?"

„Helfen? Wie?", fragte Merlin zurück. Die anderen guckten neugierig. Jochanan zog Merlin ans hintere Ende des Gangs.

„Was ist denn los?", fragte Merlin eindringlich.

„Meine Eltern sind weg", flüsterte Jochanan, „und ein Mann verfolgt mich. Er steht draußen vor der Tür. Er wollte mich nach Berlin mitnehmen. Aber ich ... ich traue ihm nicht."

„Und jetzt weißt du nicht, wie du die Fliege machen sollst, was?" Merlin überlegte. „Nach Berlin willst du, hm? Komm doch mit uns mit! Wir fahren nach Berlin!"

„Und wie soll ich hier rauskommen, ohne dass er mich sieht?"

„Ich lenke ihn ab. Wir tauschen die Klamotten! Und du kriegst meine Brille, dann erkennt er dich bestimmt nicht. Du läufst mit den anderen raus und steigst in den Bus. Oder warte ... nachher macht der Betreuer Probleme. Besser, du kletterst ins Gepäckfach. Ist zwar nicht bequem, aber bis Berlin ist es nicht mehr weit, glaube ich."

Jochanan sah ihn unsicher an. „Meinst du, das klappt?"

„Klar!", sagte Merlin. „Los, die anderen gehen gleich."

Schnell tauschten sie die T-Shirts. Dann setzte Merlin seine Brille ab und gab sie Jochanan.

Merlin stieß die Tür auf und sah nach draußen. Da stand der Mann und beobachtete die Toiletten. Merlin atmete tief ein und rannte los. Im Vorbeilaufen rempelte er den Mann wie unabsichtlich an. Der Zusammenprall war so heftig, dass Merlin das Gleichgewicht verlor und zu Boden stürzte. Auch der Mann stolperte und begann zu schimpfen.

„Entschuldigen Sie", keuchte Merlin. Aus dem Augenwinkel sah er die anderen vorbeistürmen. Zum Glück schien der Mann

Jochanan zwischen den übrigen Kindern nicht zu bemerken. „Sorry!", sagte Merlin noch mal und rappelte sich auf. Die anderen waren schon draußen. Merlin rannte zum Bus. Der Fahrer schloss gerade das Gepäckfach. Hatte Jochanan es geschafft, rechtzeitig hineinzuklettern?

„Nun wird es aber Zeit!", sagte der Fahrer. Merlin ließ sich auf seinen Platz fallen. Erst jetzt merkte er, wie sehr sein Herz pochte.

Es schien eine Ewigkeit zu dauern, bis der Bus sich durch den Stau auf dem Berliner Ring bis in die Innenstadt gequält hatte. Merlin kaute vor Aufregung an seinen Fingernägeln. Ob Jochanan tatsächlich im Gepäckraum hockte? Ging es ihm gut? Und wieso hatte er seine Eltern verloren? Waren sie vielleicht Illegale?

Um sich abzulenken, zählte Merlin die Windräder, die rechts und links die Wiesen überragten. Er kniff die Augen zusammen: Ohne Brille sahen sie aus wie ein Wald aus Metall. Eines der neuartigen Solarluftschiffe schwebte darüber, ein dicker, silbern glänzender Fisch.

Als Merlin bei Windrad 247 angekommen war, erreichten sie endlich die Verkehrsleitzone. Der Bus wurde automatisch langsamer, da die Ampelfangstrahlen seine Geschwindigkeit steuerten. Zwischen den verlassenen Plattenbausiedlungen grasten Kühe. Rechts und links der Stadtautobahn verlief die Absperrung. Sie durchquerten die Slums und kamen allmählich in die besseren Stadtviertel. Fahrzeuge des Städtischen Sicherheitsdienstes überwachten die Ausfahrten. Bunte Holo-Werbebotschaften leuchteten vor den Mauern der umliegenden Gebäude.

Schließlich passierten sie den Kontrollpunkt an der großen Kreuzung und tauchten ein in das grün gesäumte Straßengewirr des Prenzlauer Bergs. Hier sah man auch wieder einzelne Passanten auf der Straße. Irgendwo über ihnen surrte ein Medikopter.

Der Bus fuhr auf den zentralen Autopool und hielt an. Kaum dass sich die Türen öffneten, sprang Merlin hinaus und stand als Erster beim Gepäckfach. Zum Glück konnten seine Eltern ihn nicht abholen, weil sie arbeiten mussten. Der Fahrer öffnete die erste Klappe und ging weiter. Merlin spähte ins Gewirr der Koffer und Taschen. Nichts ... doch, da! Eine Bewegung! Im nächsten Moment krabbelte Jochanan hervor. Sein blasses Gesicht hatte einen grünlichen Schimmer. „Nie wieder!", stöhnte er.

Die anderen Kinder guckten verblüfft.

„Hehe", sagte der Fahrer, der sich gerade umgedreht hatte, „nicht reinklettern! Ich helfe euch mit dem Gepäck!"

„Geht schon!", entgegnete Merlin, griff seine Tasche und packte Jochanan am Ärmel. „Komm mit!" Er zog ihn hinter sich her, bevor der Betreuer sie entdeckte.

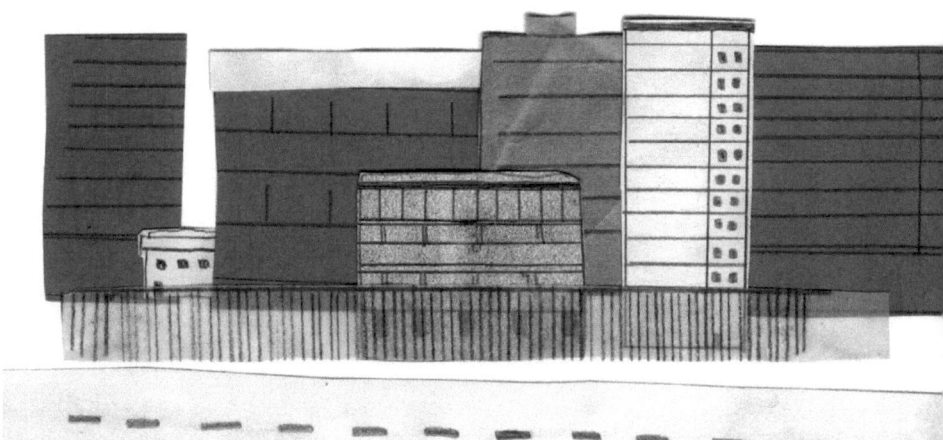

Ein paar Straßen weiter hockten die beiden Jungen sich auf den Rand eines Brunnens in einem kleinen Park. Merlin zog die Schuhe aus und planschte mit den Füßen im Wasser. Nach kurzem Zögern tat Jochanan es ihm nach. Trotz der vielen Bäume war es unerträglich heiß in der Stadt.

„Da!", rief Jochanan auf einmal aus. „Sieh mal!"

„Was denn? Oh ja, ein Fuchs. Gibt hier jede Menge davon", sagte Merlin. „Die fressen den Müll, wenn die Stadtreinigung mal wieder streikt. Es gibt hier auch Rehe und Wildschweine. Noch nie welche gesehen? Ich denke, du kommst aus Berlin?"

Jochanan zögerte. „Eigentlich schon, ja", sagte er schließlich.

„Wieso eigentlich? Bist du – seid ihr illegal hier?"

„Illegal?"

„Na, du weißt schon. Ohne Papiere und so. Ich sags auch niemandem. Meine beste Freundin ist eine Illegale!"

Jochanan wirkte ratlos.

„Na, komm schon. Du schuldest mir eine Erklärung!" Merlin legte den Kopf schief. „Du bist nicht wirklich von hier, oder?"

„Nein", gab Jochanan zu.

„Aber du sprichst perfekt deutsch! Nicht wie die Flüchtlinge."

„Flüchtlinge? Was für Flüchtlinge?"

Merlin sah Jochanan skeptisch an. „Na, die Klimaflüchtlinge natürlich!"

Es sah nicht so aus, als ob der Begriff Jochanan etwas sagte.

Merlin schüttelte den Kopf. „Du weißt nicht, was Klimaflüchtlinge sind? Die ganzen Leute, die ihre Heimat wegen der Überschwemmungen verloren haben? Wo lebst du eigentlich, Mann? Auf dem Mond?"

Jochanan schien mit sich zu kämpfen, sagte aber nichts.

Merlin zuckte die Schultern. „Und was ist mit deinen Eltern?", versuchte er es erneut. „Wo sind sie?"

Jochanan schwieg.

Langsam wurde Merlin ungeduldig. „Also gut, Mr Mysterious, behalt deine Geheimnisse. Wenn du nicht reden willst, deine Sache. Ich geh dann mal nach Hause. Kann ich mein T-Shirt wiederhaben?"

Das schien Jochanan zu erschrecken. Unruhig sah er sich um. Er wirkte wie jemand, der absolut keine Ahnung hatte, wo er war.

Merlin seufzte. „Komm schon, gib mir mein T-Shirt zurück. Deins stinkt!"

Zögernd zog Jochanan sich das T-Shirt über den Kopf. Dabei fiel etwas zu Boden, das in seiner Hosentasche gesteckt hatte. Merlin bückte sich, um es aufzuheben. Es war eine dunkle Brille. Er besah sie sich genauer. „Ist das etwa eine Computerbrille?", fragte er erstaunt. „Mensch, wie kommst du denn an so ein teures Teil?"

„Die gehört dem Mann, vor dem ich abgehauen bin."

„Hast du sie geklaut?"

„Nein! Na ja, eigentlich schon. Ich habe sie im Auto gefunden, aber das durfte er nicht wissen. Als er plötzlich wiederkam, habe ich sie eingesteckt. War keine Absicht."

Merlin sah Jochanan entgeistert an. „Du bist zu dem Fremden ins Auto gestiegen? Bist du völlig bescheuert?"

„Was hättest du denn gemacht?", entgegnete Jochanan heftig. „Ich hatte mich verlaufen! Da war nichts als dieser blöde Wald und ein Haufen verfallener Häuser. Die Mücken haben mich aufgefressen!" Er zeigte Merlin seine Arme, die voller roter Quaddeln waren. „Meine Kleider waren nass, und ich hatte nichts zu essen. Seit zwei Tagen habe ich kaum was gegessen! Ich war heilfroh, dass ich da rauskam. Außerdem musste ich doch nach Berlin!"

Merlin war völlig überrascht von diesem Ausbruch. „Okay, okay. Klingt nach nem Abenteuer!", sagte er und gab Jochanan die Brille zurück. „Na, jetzt bist du ja in Berlin. Und was machst du jetzt?"

„Keine Ahnung", antwortete Jochanan. Er starrte ins Wasser und verfiel wieder in Schweigen.

Merlin hatte genug. Er stand auf. „Also, entweder erzählst du mir jetzt endlich, was los ist, oder ich gehe wirklich nach Hause!", sagte er.

Jochanan sah ihn lange an. Schließlich nickte er. „Einverstanden. Ich erzähle es dir. Aber später, in Ordnung? Wenn wir irgendwo allein sind."

„Sind wir doch!"

„Nein, richtig allein, wo uns keiner beobachten kann." Mit dem Kopf deutete Jochanan unauffällig zu den Überwachungskameras hinüber, die an den Laternen im Park angebracht waren.

Also doch Illegale!, dachte Merlin. „Und was heißt später?", fragte er.

Jochanan zögerte. „Ich soll meine Eltern am Sonntag hier in Berlin treffen", sagte er schließlich. „Um Mitternacht am Brandenburger Tor. Und bis dahin muss ich mich irgendwo verstecken."

Das klang spannend! Merlin brannte vor Neugierde, die ganze Geschichte zu erfahren. „Du könntest erst mal mit zu mir kommen!", bot er an. „Meine Eltern arbeiten den ganzen

Tag. Da sind wir ungestört." Zumindest so lange, wie Michael im Hort ist, dachte Merlin missmutig.

„Meinst du, das geht?", fragte Jochanan.

„Klar! Dann kannst du mir alles in Ruhe erzählen!"

„Du wirst mir sowieso nicht glauben", sagte Jochanan.

„Das werden wir dann ja sehen!"

Es war nicht mehr weit bis zu Merlins Haus, einem alten, mehrstöckigen Gebäude mit gelber Fassade. Die kleinen Balkone quollen über vor Blumen. Die Jungen kletterten die Treppenstufen hinauf zu der grünen Tür, und Merlin legte seine Hand auf den biometrischen Scanner. „Nur vor meinem kleinen Bruder müssen wir uns in Acht nehmen, wenn er nach Hause kommt, der petzt!", sagte er, als die Tür sich öffnete.

„Du hast einen Bruder?", fragte Jochanan verblüfft.

Merlin zog eine Grimasse. „Leider!"

„Bei uns gibt es nur ein Kind pro Familie."

„Sei froh! Ich soll immer auf ihn aufpassen. Außerdem steckt er seine Nase ständig in meine Angelegenheiten."

Sie liefen durch das breite Marmortreppenhaus hinauf zu der hellen Altbauwohnung. Als sie eintraten, begrüßte sie die

Computerstimme: „Willkommen zu Hause. Du kommst spät, Merlin!"

„Ja, ja." Merlin warf seine Sachen neben die Tür und befreite mit einem Tritt den Reinigungsroboter, der sich wieder einmal in der Garderobennische verfangen hatte. „Komm rein!", sagte er zu Jochanan und beobachtete, wie der sich umsah.

Im Flur hing ein Poster von einem Wolf, daneben auf der Pinnwand viele Fotos von Kindern und Tieren. Eins zeigte ein Wildschwein, das mit seinem Nachwuchs eine Wohnstraße überquerte, ein anderes einen Fuchs, der mitten auf dem Bürgersteig schlief. „Meine Mutter ist Journalistin", erklärte Merlin. „Im Moment schreibt sie gerade eine Reportage über Wildtiere in der Stadt."

„Und was macht dein Vater?"

„Der arbeitet im Zoo. Außerdem leitet er das Wolfsbüro. Darum hatten wir auch Diva bei uns zu Hause. Die Wölfin aus dem Wildpark, erinnerst du dich? Ein Jäger hat ihre Eltern erschossen. Sie war die Einzige, die noch lebte, als der Förster die Welpen fand."

Eine grau getigerte Katze kam ihnen entgegen und strich um Merlins Beine. Jochanan wich ängstlich zurück.

„Ist doch bloß ne Katze! Die tut nichts!", sagte Merlin. „Du hast doch nicht etwa Angst vor Katzen?"

„Nee", sagte Jochanan. Trotzdem hielt er Abstand.

„Habt ihr keine Haustiere?"

Jochanan schüttelte den Kopf. „Ist nicht erlaubt. Was sollten die auch fressen?"

„Na, Katzenfutter natürlich!?"

„Das wird doch aus toten Tieren gemacht, oder?"

„Na und?"

„Wir essen so was nicht."

Merlin sah ihn erstaunt an. „Du bist Vegetarier?"

Jochanan schüttelte den Kopf. „Du verstehst das nicht. Tiere essen ist ... eklig. Bei uns würde niemand Tiere essen!"

„Na, ist ja gut, dass ich das weiß!", sagte Merlin und ging voran in die Küche. „Sonst hätte ich dir jetzt nämlich ne Wurststulle gemacht!"

Nach dem Essen gingen die beiden Jungen in Merlins Zimmer. Im Eingang blieb Jochanan stehen. Merlin beobachtete ihn zufrieden. Die meisten Freunde reagierten so, wenn sie ihn zum ersten Mal besuchten. Sein Zimmer war sehr hoch und hatte eine Empore mit orangen Vorhängen. Darunter war ein Raum mit einer knallroten Tür. Ein Seil hing von der Decke, gleich neben einer steilen Leitertreppe vor einem Regal voller Bücher. Durch ein bodentiefes Fenster blickte man auf der gegenüberliegenden Seite direkt in die Krone einer Birke. Vor dem Fenster stand ein großes Lümmelsofa. Ansonsten war der Raum leer, abgesehen vom Boden, der komplett mit Papieren, Kleidern und Krimskrams bedeckt war.

„Das ist ja toll hier!", sagte Jochanan bewundernd. „Schläfst du da oben?"

Merlin nickte stolz. Er ging zu einer Wandkonsole und machte halblaut Musik an. „So hört uns keiner", sagte er und ließ sich auf das Sofa fallen. Er sah Jochanan erwartungsvoll an. „So. Jetzt sind wir richtig allein. Schieß los!"

Jochanan biss sich auf die Lippen. „Na gut", sagte er langsam. „Also, dass meine Eltern verschwunden sind, weißt du ja inzwischen schon."

„Genau", sagte Merlin. „Und dass du Sonntagnacht beim Brandenburger Tor sein musst, auch. Aber wieso? Wo sind deine Eltern? Und wo kommst du her?"

Jochanan setzte sich neben Merlin auf das Sofa und zog die Knie hoch.

„Nun mach's nicht so spannend!"

Jochanan sah ihm in die Augen. Er drehte seine Hand, sodass die Innenseite des Unterarms sichtbar wurde. Auf der hellen Haut glitzerte ein fremdartiges Muster, eine Art Tätowierung. „Die Frage ist eigentlich nicht, wo", fing er an, „sondern wann ... "

„Wow", sagte Merlin, als Jochanan fertig war. „Das ist ja unglaublich! Irre! Wie im Film!"

„Ist nicht so toll, wenn man es selbst erlebt", entgegnete Jochanan. Seine Unterlippe zitterte leicht. Er schien auf einmal mit den Tränen zu kämpfen.

„Tut mir leid, so hab ich es nicht gemeint!", sagte Merlin hastig. „Ich meine nur, du kommst aus dem Jahr 2121! Das gibt's sonst nur in Science-Fiction-Filmen! Erzähl doch mal! Wie lebt man in der Zukunft? Habt ihr fliegende Autos? Gibt es Aliens?"

Jochanan schüttelte den Kopf. Dann schniefte er und wischte sich unwillig über die Augen. Er kreuzte die Arme vor der Brust und sah auf den Boden. „Ich hätte dir das alles nicht erzählen dürfen."

„Quatsch! Ich sag's doch niemandem! Und ich kann dir helfen!"

„Egal", antwortete Jochanan. „Ich hätte gar nicht mit dir reden dürfen. Ich habe die Vergangenheit verändert. Jetzt kann ich vielleicht nie wieder zurück nach Hause!"

Merlin schwieg betroffen. „Du meinst, nur weil du mit mir geredet hast?", fragte er schließlich.

Jochanan nickte. „Mama hat es mir erklärt. Sie ist Mathematikerin, weißt du. Die Zeit ist wie eine Schnur mit Perlen drauf. Man kann die Schnur dehnen, dann rutschen die Perlen und man reist ein Stück in die Zukunft oder eine Schlaufe zurück machen, dann reist man in die Vergangenheit. Ist alles kein Problem, solange die Schnur sich nicht verheddert. Oder reißt ... Zum Beispiel, wenn man seine eigenen Verwandten trifft."

„Das Großvater-Problem!", fiel Merlin ihm ins Wort. „Darüber hab ich mal was gelesen! Wenn du in die Vergangenheit

106

reist und deinen eigenen Großvater umbringst, dann wird dein Vater gar nicht erst geboren. Und du natürlich auch nicht!"

„Richtig", sagte Jochanan.

„Aber was passiert dann mit demjenigen, der in die Vergangenheit gereist ist? Der ist doch da!?"

„Weiß ich auch nicht so genau. Ich glaube, es entsteht eine Art Parallelwelt. Eine zweite Schnur neben der ersten. Mit einer anderen Zukunft. Darum müssen Familien auch immer zusammen durch die Zeit reisen – für den Fall, dass etwas schiefgeht."

Beide schwiegen in dem Bewusstsein, dass genau dieser Fall eingetreten war.

„Immerhin wissen deine Eltern, wo du bist", sagte Merlin schließlich.

„Ja", antwortete Jochanan. „Ich hoffe, sie holen mich. Ich muss einfach am Sonntag beim Tor sein."

Merlin nickte. „Natürlich musst du das. Und ich helfe dir dabei!"

Jochanan sah ihn an. „Kann ich bis dahin vielleicht hierbleiben?"

„Klar! Du kannst dich hier in meinem Schrankzimmer verstecken. Ich bringe dir was zu essen. Das müsste gehen, wenn du leise bist."

„Kein Problem!", sagte Jochanan erleichtert.

„Sind ja nur zwei Tage. Und tagsüber schleichen wir uns nach draußen!" Merlin war Feuer und Flamme. „Lass uns mal überlegen", sagte er. „Was ist denn mit diesem Sonni-Dingsda? Brauchst du das nicht für die Zeitreise?"

„Doch, natürlich. Ohne Somniavero geht es nicht. Ich hoffe, sie bringen etwas mit, wenn sie mich abholen. Am besten wäre es natürlich, ich könnte meinen Rucksack wiederkriegen. Aber der ist ja im Bus geblieben."

„Mit all deinen Sachen?"

„Genau. Mein Pad, der neue Holo-Handschuh und das Somniavero. Zum Glück hatte ich wenigstens mein Lasermesser in der Hosentasche." Jochanan zog ein kleines Gerät aus der Tasche und ließ eine hellblaue Lichtklinge herausschnellen.

„Cooles Teil!", sagte Merlin bewundernd.

„Gibt es so was bei euch nicht?"

Merlin schüttelte den Kopf. „Glaub ich nicht. Darf ich mal halten?"

Jochanan nickte. „Sei aber vorsichtig, es ist echt scharf! Das hat mir ein alter Mann geschenkt, kurz vor der Reise. Er meinte, es könnte mir vielleicht das Leben retten. Bisher habe ich es aber nur zum Schnitzen benutzt. Und um diese Metalldose aufzumachen, in den Ruinen im Wald. Mann, die Suppe hat wirklich eklig geschmeckt!"

Merlin grinste und blickte Jochanan neckend an. „War bestimmt auch Fleisch drin!"

Jochanan verzog angeekelt das Gesicht. „Ich habe sie sowieso weggekippt. So hungrig war ich dann doch nicht."

„Wieso esst ihr eigentlich kein Fleisch?"

Jochanan zuckte die Schultern. „Tun wir eben nicht. Tiere essen ist grausam. Außerdem gibt's kaum noch welche."

Merlin sah ihn von der Seite her an. Er hätte gern mehr gewusst, doch Jochanan sah nicht so aus, als ob er darüber reden wollte. „Und was ist das da?", fragte Merlin stattdessen und zeigte auf ein Gerät, das Jochanan neben sich gelegt hatte.

„Das Navigationssystem aus dem Bus. Ziemlich altmodisches Ding. Papa hat es mitgenommen, um das Tor im Wald zu finden. So wie beim Condo-Cache. Kennst du Condo-Cache?"

Merlin sah ihn fragend an.

„Condo-Cache ist so eine Art Schatzsuche. Jemand versteckt eine Botschaft im Wohnpark. Du kriegst die Koordinaten und musst die Botschaft finden."

„So was Ähnliches gibts bei uns auch!", sagte Merlin. „Heißt aber Geo-Cache. Die Koordinaten findet man online. Und suchen tut man meistens draußen in der Natur."

„Wirklich? Das muss toll sein!"

„Keine Ahnung, ich hab's noch nie gemacht."

Merlin drehte das Galileo nachdenklich in der Hand. Das Display leuchtete schwach. „Du solltest die Akkus rausnehmen", sagte er. „Nachher sind sie alle. Vielleicht können wir das Ding noch mal gebrauchen?"

„Stimmt", sagte Jochanan.

Merlin schraubte das Batteriefach auf und ließ die Akkus herauspurzeln. „Was ist denn das?"

Ein kleines, rundes Gerät klebte an der Innenseite des Batteriefachs. Ganz schwach pulsierte eine einzelne orange Leuchtdiode.

„Keine Ahnung. Gehört wahrscheinlich dazu. Kann man es ausschalten?"

„Sieht so aus. Hier ist ein Knopf." Merlin fummelte an dem Gerät herum. Das Pulsieren hörte auf. „Wir müssen nur daran denken, es wieder anzumachen. Und die Akkus mitzunehmen, falls wir das Teil benutzen wollen", sagte er. „Am besten ich packe alles zusammen in eine Tüte." Er ging in die Küche, um eine zu holen.

Als er zurückkam, hatte Jochanan die schwarze Computerbrille auf der Nase. Langsam drehte er den Kopf hin und her. „Das Ding ist ein Wärmescanner!", sagte er zu Merlin. „Man sieht, wo es warm oder kalt ist. Du bist ganz bunt! Und das Fenster ist knallrot."

„Zeig mal her!", forderte Merlin ihn auf. Jochanan gab ihm die Brille. „Tatsächlich! Wozu braucht der Typ so was?"

„Na ja", antwortete Jochanan, „ist schon ganz nützlich, wenn man Leute beobachtet, oder? So als Nachtsichtgerät?"

„Du meinst, der hat euch verfolgt?"

„Bestimmt! Überleg doch mal: Wir sind ihm dreimal begegnet, im Wildpark, am Strand und im Wald, wo er mich gefunden hat. Wäre schon ein komischer Zufall, wenn er ausgerechnet da einfach so herumgelaufen wäre, oder?"

„Stimmt", pflichtete Merlin Jochanan bei. Er nahm die Brille ab und untersuchte sie. „Hier ist ein Schalter!", stellte er fest und drückte ihn. Ein kleines rotes Licht begann, seitlich zu blinken. „He, ich kann dich sehen!", sagte Merlin erstaunt.

„Klar, ist doch eine Brille!"

„Nee – hier, guck mal!" Die Brille hatte sich in einen silbernen Mini-Bildschirm verwandelt. Ganz klein waren Fotos darauf zu erkennen: Fotos von Jochanan und seinen Eltern.

„Ich fasse es nicht. Das war ganz am Anfang unserer Reise!"
Jochanan war empört. „Wer ist das bloß? Und was will er von uns?"

„Mal sehen", sagte Merlin und betätigte den winzigen Schalter. „Hier haben wir doch was: Kurzbiographie Dr. Paulus", las er vor. „Dr. Paulus, geboren 1971, ist ein theoretischer Physiker. Er ist vor allem durch seine Arbeiten über Wurmlöcher und für seine radikale Interpretation der Kruskal-Lösungen bekannt. In den 2020er-Jahren schrieb er einige bahnbrechende Aufsätze über Tachyonen und Zeit-Paradoxien, die sich aus ihrer Existenz ergeben würden. Er befasst sich auch mit der Theorie Exotischer Materie. Paulus forscht derzeit am Zentrum für Astronomie und Astrophysik der Technischen Universität in Berlin. Er liebt Computerspiele und hat eine Leidenschaft für scharfes Essen."

Merlin und Jochanan sahen sich an. „Volltreffer!", sagte Jochanan. „Ein Physiker!"

Merlin nickte. „Kein Wunder, dass der schon die ganze Zeit hinter euch her ist! Er will bestimmt rauskriegen, wie eure Zeitreisen funktionieren!"

„Findest du noch was?", fragte Jochanan.

„Mal sehen, vielleicht hat er seine E-Mails gespeichert?"

Gebannt sah Jochanan Merlin über die Schulter, während der das Programm öffnete. Es gab eine einzige neue, fett gedruckte Nachricht:

‚Rucksack angekommen', lasen sie. ‚Haben mit der Analyse der Flüssigkeit begonnen. Sehr komplex — wird etwas dauern. Wann werden Sie eintreffen?'

Wieder sahen die beiden Jungen sich an. „Denkst du, was ich denke?", fragte Merlin.

Jochanan nickte langsam. „Sieht so aus, als hätte er mein Somniavero. Wahrscheinlich hat er den Rucksack aus dem Bus mitgenommen!"

„Wir müssen es ihm wieder abnehmen!"

„Und wie?"

In diesem Moment klingelte es Sturm an der Haustür. Erschrocken fuhren die beiden Jungen hoch. Merlin stöhnte.

„Das ist mein kleiner Bruder", flüsterte er, „schnell, in den Schrank!" Hastig öffnete er die rote Tür. Während Jochanan sich in dem begehbaren Kleiderzimmer versteckte, sprang Merlin zur Zimmertür und schloss ab. Die Computerstimme begann: „Willkommen zu H ... "

„Jajajajaja!" Michi rannte den Flur entlang und donnerte an Merlins Tür. „Wir haben gewonnen!", schrie er. „Ich hab drei Tore geschossen!"

„Toll", sagte Merlin durch die geschlossene Tür. Sein Atem ging schnell. Hoffentlich hörte Michi nicht, dass noch jemand im Zimmer war!

„Warum hast du abgeschlossen? Mach auf!", rief Michi und bearbeitete die Türklinke.

„Mein Zimmer!", antwortete Merlin. „Betreten verboten. Hau ab!" Er drehte die Musik lauter.

„Papa sagt, du sollst mit mir spielen, wenn ich nach Hause komme!"

„Du bist gleich verabredet, du Blödmann. Schon vergessen? Guck mal auf den Wochenplaner!"

Michi stürmte davon. Kurze Zeit später hörte Merlin ihn in der Küche rumoren. Bestimmt suchte er Schokolade im Schrank. Merlin wurde sauer. Jetzt würde er wieder Ärger kriegen, nur weil Michael die Süßigkeiten-Vorräte plünderte! Er legte das Ohr an die Tür und lauschte: Nichts. Blitzschnell schloss er auf und öffnete die Tür, um Michi in der Küche zu erwischen.

„Reingelegt!" Bevor er es verhindern konnte, hatte sein Bruder sich ins Zimmer gedrängt. Neugierig sah er sich um.

„Raus!", sagte Merlin.

Michael ignorierte ihn. „Ich dachte schon, du hättest aufgeräumt!", sagte er spöttisch. „Hast du Besuch?"

„Wieso?"

„Na ja, da draußen stehen so komische Schuhe!"

„Nein, hab ich nicht. Geht dich auch nichts an, selbst wenn!"

„Ich frag ja nur." Michi legte den Kopf schief. „Papa hat mir übrigens erlaubt, auf deinem Hochbett zu spielen, als du weg warst!"

„Jetzt bin ich aber wieder da. Und ich erlaube es dir nicht. Verschwinde aus meinem Zimmer!"

Michi zögerte.

„Raus!!", schrie Merlin drohend.

Wie zu erwarten, dachte Michi nicht daran, ihm zu gehorchen. Natürlich legte er es mal wieder darauf an, sich zu prügeln. Nur um Merlin zu verpetzen, wenn Papa nach Hause kam. Wütend ballte Merlin die Fäuste. Irgendwie musste er Michi aus dem Zimmer kriegen.

„Ich glaube, du hast Besuch", sagte Michi und machte einen Schritt in Richtung Empore. „Versteckt er sich da oben?"

„Quatsch", sagte Merlin. Er überlegte fieberhaft. „Hast du Hunger?", fragte er hoffnungsvoll.

„Ich hab doch im Hort gegessen."

„Aber keinen Pudding, wette ich! Ich wollte gerade welchen kochen. Willst du auch?"

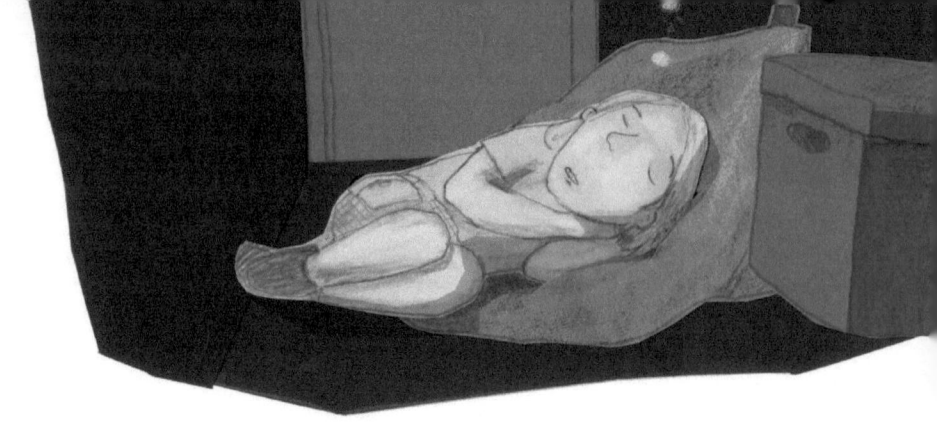

Michi sah ihn skeptisch an. Merlin ging zur Tür.

„Okay ... ", sagte Michi. Mit einem letzten misstrauischen Blick durchs Zimmer trat er den Rückzug an und folgte Merlin in die Küche.

Eine halbe Stunde später kam endlich die Nachbarin. Ihr Sohn war neun, genauso alt wie Michael, und die beiden spielten häufig zusammen. Michi rannte zur Tür. Erleichtert atmete Merlin auf. Als er sicher war, dass Michael die Wohnung verlassen hatte, lief er zurück in sein Zimmer. Zum Glück hatte Jochanan sich die ganze Zeit über nicht gerührt. Aber warum kam er jetzt nicht wieder heraus?

Merlin öffnete die Tür des Schrankraums und spähte ins Dunkel. Ausgestreckt lag Jochanan auf dem großen roten Knautschkissen ganz hinten unter der Garderobenstange – und schlief. Trotz des Lärms war er in dem warmen und dunklen Versteck eingepennt. Todmüde. Kein Wunder, nach den anstrengenden Tagen, die er hinter sich hatte! Merlin lächelte und schloss leise die Tür.

Jochanan schlief den ganzen Nachmittag und den ganzen Abend. Er wachte noch nicht einmal auf, als Merlin mit einem Teller köstlich duftender Spaghetti in den Schrankraum kam. Merlin betrachtete ihn einen Augenblick, wie er dalag, zusammengerollt, blass, mit halb geöffnetem Mund. Um seinen Hals hing der merkwürdige Engel, der eigentlich ein Holografie-Projektor war. So winzig klein. Mamas supermodernes Holodeck war so groß wie ein Schreibtisch.

Leise zog Merlin die Tür wieder hinter sich zu und ging zurück zu seiner Mutter in die Küche. Papa war noch nicht da. Wahrscheinlich arbeitete er mal wieder länger.

„Na, schon fertig?", fragte Mama zerstreut.

„Hm", antwortete Merlin und stellte den Teller ab. „Ist Michi noch nebenan?"

„Ja, er isst drüben Abendbrot", antwortete Mama.

„Er hat hier nur rumgenervt", sagte Merlin.

Seine Mutter seufzte. „Du musst Geduld mit ihm haben!"

„Hab ich. Ich hab ihm Pudding gekocht! Aber er nervt trotzdem."

„Manchmal", gab Mama zu. „Aber du auch – manchmal!" Sie lächelte. „Du hast mir noch gar nicht erzählt, wie eure Reise war."

Merlin begann zu berichten, merkte aber bald, dass seine Mutter nicht recht bei der Sache war. Kurz darauf kam Michi nach Hause und Merlin zog sich in sein Zimmer zurück. Jochanan war immer noch nicht aufgewacht, also machte Merlin sich bettfertig, kletterte in sein Hochbett und begann zu lesen.

Vor dem Schlafengehen stecke Mama ihren Kopf durch die Tür. „Ich muss morgen früh in die Redaktion", sagte sie.

„Okay."

„Michi geht zu seinem Freund, dann hast du deine Ruhe." Sie zögerte. „Noch etwas. Falls du aus dem Haus gehst, sei bitte vorsichtig. Du hast es wahrscheinlich nicht mitgekriegt, weil du weg warst, aber seit ein paar Tagen streunt hier mitten in Berlin ein Wolf herum."

„Ein Wolf?"

„Ja. Ein Einzelgänger. Vielleicht ist er tollwütig. Jedenfalls ist es ungewöhnlich, dass er sich so weit in die Stadt vorgewagt hat. Er wurde schon dreimal gesehen, einmal direkt hier um die Ecke, im Park am Friedrichshain. Wahrscheinlich jagt er die streunenden Katzen. Papa ist seit Tagen hinter ihm her, er hat kaum geschlafen, aber bisher hat er ihn nicht erwischt. Er muss irgendwo ein Versteck haben. Ist wahrscheinlich nur in der Dämmerung ein Problem, aber sei bitte trotzdem vorsichtig."

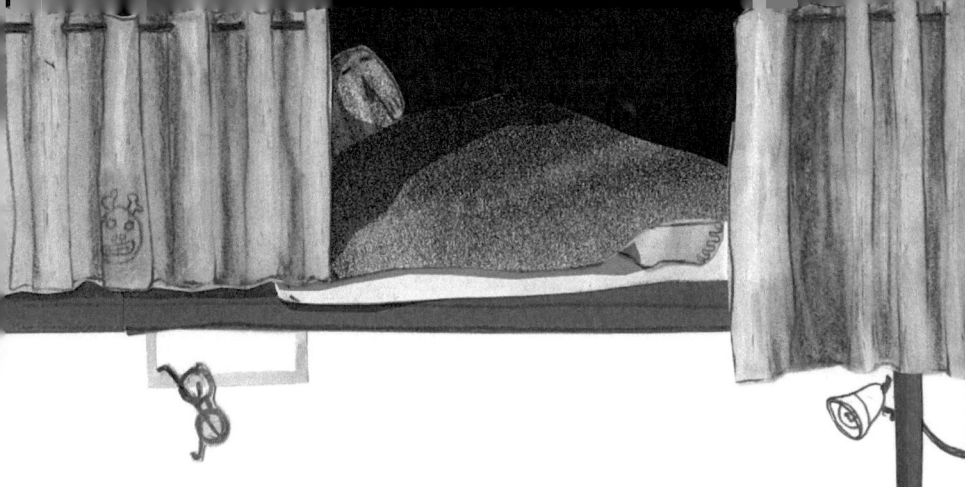

„Okay", sagte Merlin, „ich pass auf!"

„Und sei spätestens um acht zu Hause, in Ordnung?"

„Okay Mama, ich habs kapiert!", sagte Merlin genervt. „Ich bin schließlich kein Baby mehr!"

Seine Mutter schmunzelte. „Ich weiß, mein Großer", sagte sie. „Pass einfach auf, ja?" Sie blies ihm einen Pustekuss nach oben und ging hinaus.

Merlin machte das Licht aus. Er lauschte in die Dunkelheit. Alles war still, bis auf Mama, die in der Küche klapperte. Lag da wirklich ein Junge aus der Zukunft in seinem Schrank? Merlin widerstand der Versuchung, noch einmal nachzusehen.

Irgendwann schlief er ein.

Am nächsten Morgen war Merlin unsicher, ob er die gestrigen Ereignisse nur geträumt hatte. Er gähnte und sah auf die Uhr. Es war schon nach neun. Mama und Michi waren längst weg. Ein Glück. Vorsichtig lugte er nach unten: Das Zimmer war leer. Bestimmt war es nur ein Traum gewesen, oder?

Immer noch schläfrig schwang Merlin sich am Seil hinunter und ging ins Bad. Er setzte sich auf die Toilettenbrille und sprang mit einem „Äh" hoch, als ihn ein frischer Wasserstrahl von unten traf. Wie oft würde ihm das noch passieren, bevor er sich an das neue, selbstreinigende Klosett gewöhnte?

„Bitte vergiss nicht, dir die Hände zu waschen!", flötete es aus dem Lautsprecher.

„Ich bin noch nicht fertig", knurrte Merlin und ließ sich erneut aufs Klo fallen.

Kaum, dass er zurück in seinem Zimmer war, klingelte es energisch an der Haustür. „Besuch!", meldete die Computerstimme in freudigem Tonfall. Merlin zögerte. Er wusste, dass er die Tür nicht öffnen durfte, wenn er allein war. Sollte er durch die Türkamera gucken? Aber dann würde der Besucher wissen, dass jemand zu Hause war. Merlin trat ans Fenster. Von hier aus konnte man sehen, wer unten auf der Straße stand. Bestimmt war es nur der Paketdienst.

„Guten Morgen!", sagte eine Stimme hinter ihm.

Merlin fuhr erschrocken herum. In der offenen Tür des Schrankraums stand Jochanan, die Haare verstrubbelt, aber deutlich weniger blass als gestern.

„Du hast ganz schön lange geschlafen!", sagte Jochanan. „Ich bin seit Stunden wach!"

„Was?", stammelte Merlin verwirrt. „Ja, äh, du aber auch! Du hast auch lange geschlafen, gestern Abend, meine ich!"

„Stimmt! Ich musste Schlaf nachholen", sagte Jochanan und trat zu Merlin ans Fenster. „Zeitreisen sind ganz schön anstrengend!" Er gab Merlin einen kleinen Knuff. „Danke übrigens, dass ich hierbleiben darf. Du bist echt in Ordnung."

Merlin fühlte, wie er rot wurde. „Keine Ursache", murmelte er.

Es klingelte wieder, länger und irgendwie lästig. Merlin blickte hinunter auf die Straße. Was er sah, ließ ihn mit einem Schlag hellwach werden.

„Scheiße!" Er sprang zurück, obwohl man ihn von unten nicht sehen konnte. Im selben Moment keuchte auch Jochanan vor Schreck auf. Unten vor der Tür stand der Mann, dem die schwarze Brille gehörte. Der Mann, der Jochanan seit Tagen verfolgte: Dr. Paulus!

Wie hatte er sie hier nur gefunden? Die Gedanken rasten in Merlins Kopf. War er dem Bus hinterhergefahren? Möglich, aber nur bis zum Kontrollpunkt, da hätte er sein Auto stehen lassen müssen. Der Prenzlauer Berg war ja autofrei. Selbst die Bewohner des Viertels mussten den zentralen Autopool nutzen. Und zu Fuß war er sicher nicht schnell genug. Außerdem hätten sie es doch bestimmt gemerkt, wenn er ihnen gefolgt wäre. Wie hatte Dr. Paulus die Zeitreisenden überhaupt aufgespürt? Konnte man sie irgendwie orten?

„Ich muss sofort weg hier!", unterbrach Jochanan Merlins Überlegungen. Er sah plötzlich wieder sehr blass aus. Seine Stimme klang panisch.

„Quatsch", sagte Merlin, „lass uns erst mal abwarten. Er kann ja nicht rein. Keine Panik!"

Die Jungen stellten sich seitlich ans Fenster und beobachteten den Wissenschaftler unten auf der Straße. Er klingelte ein drittes Mal. Sie rührten sich nicht. Nach einer ganzen Weile trat Dr. Paulus von der Tür zurück und spähte nach oben. Er sah unschlüssig hin und her. Endlich ging er zögernd die Straße entlang und verschwand.

„Was machen wir jetzt?", fragte Jochanan.

„Frühstücken!", sagte Merlin bestimmt.

„Aber er kommt sicher wieder!"

„Wahrscheinlich. Aber nicht sofort. Und dann sind wir längst weg!"

Jochanan folgte Merlin in die Küche. „Und wo sollen wir hin?", fragte er, während Merlin Müsli und Milch aus dem Schrank holte.

„Ich habe da so eine Idee", sagte Merlin. „Ich hab doch gestern meine Freundin Akascha erwähnt, oder?"

„Akascha?"

„Ja. Wir gehen zusammen zur Schule. Die Illegale. Sie wohnt in Kreuzberg in der Wohnung ihrer Tante. Die ist vor Kurzem gestorben. Und jetzt lebt Akascha allein in der Wohnung."

„Und?"

„Was und? Da gehen wir hin! Bestimmt kannst du bis morgen dableiben!"

„Bei einem Mädchen?" Jochanan sah wenig begeistert aus.

Merlin zog die Augenbrauen hoch. „Komm schon, stell dich nicht so an. Sie wird dich bestimmt nicht verraten! Außerdem liegt Kreuzberg in der Nähe vom Brandenburger Tor!"

„Und woher weißt du, ob sie einverstanden ist?"

„Ich ruf sie an!"

Doch bei Akascha lief nur der Anrufbeantworter.

„Sie geht in letzter Zeit nicht mehr ans Telefon", sagte Merlin entschuldigend, „damit sie nicht auffliegt, weißt du? Weil sie doch allein wohnt. Wenn die das merken, dann wird sie abgeschoben, genau wie ihre Eltern."

„Abgeschoben?"

„Ja, nach Hause zurückgeschickt, dahin, wo sie hergekommen sind. Pakistan, glaube ich. Zwei Jahre nach der letzten Flutkatastrophe mussten sie wieder zurück. Was völliger

Schwachsinn ist, wo jeder weiß, dass das Land im Chaos versinkt."

Jochanan sah verwirrt aus.

„Ist auch egal", sagte Merlin. „Jedenfalls wollten ihre Eltern unbedingt, dass Akascha hier bei ihrer Tante bleibt. Die Tante war mit einem Deutschen verheiratet und hat an der Uni gearbeitet. Und jetzt ist die Tante tot und von ihren Eltern hat Akascha auch ewig nichts mehr gehört. Sie ist ganz allein. Aber das darf keiner wissen. Am besten, ich schreib ihr eine SMS."

‚Hi', tippte er in das Handy, ‚bist du da? Ich komm heute vorbei u. bring jemand mit. Ruf mich zurück. Ist wichtig!'

„Sie ist bestimmt zu Hause. Komm, lass uns gehen, bevor dieser Dr. Paulus wieder auftaucht!", sagte Merlin. Er packte noch schnell ein paar Sachen zu essen für Akascha in die Tüte mit dem Galileo, während Jochanan überprüfte, ob die Luft rein war. Dann verließen sie vorsichtig das Haus.

Draußen war es feuchtwarm und dunstig. Sie gingen in die entgegengesetzte Richtung, die der Wissenschaftler eingeschlagen hatte und bogen in den Park mit dem Brunnen ein. Noch waren sie keine fünf Minuten unterwegs, als Merlin sich die Hand vor den Kopf schlug. „So ein Mist", stöhnte er. „Ich Idiot hab das Handy oben vergessen!"

Sie drehten um und gingen zurück. Merlin wollte gerade um die Ecke in seine Straße einbiegen, als Jochanan ihn plötzlich am Ärmel zurückhielt. „Guck mal!", flüsterte er tonlos.

„Was?"

„Da drüben!"

Auf einer Bank gegenüber Merlins Haus saß Dr. Paulus. In der Hand hielt er eine Brötchentüte und einen Pappbecher. Er

121

beobachtete den Eingang. Es sah nicht so aus, als habe er vor, in absehbarer Zeit wegzugehen.

„Verflixter Mist!", schimpfte Merlin leise.

„Das Handy kannst du vergessen", sagte Jochanan.

Merlin biss sich auf die Lippe. „Stimmt. Lass uns abhauen. Nur gut, dass du ihn rechtzeitig gesehen hast!"

Sie überquerten die Straße und rannten ein Stück. Dann bog Merlin in einen Hof ein. Sie kletterten über eine Mauer und kamen auf einer kopfsteingepflasterten Straße heraus. Jochanan sah sich immer wieder unruhig um, doch zum Glück blieb der Wissenschaftler verschwunden. Wahrscheinlich saß er immer noch vor dem Haus und wartete.

Nach einiger Zeit fühlten die Jungen sich sicherer. Erstaunt betrachtete Jochanan die vielen Läden, Cafés und Grün-

anlagen, an denen sie vorbeikamen. „Gehört das alles hier zu deinem Condo?", fragte er schließlich, als sie gerade einen weiteren Park durchquerten.

„Meinem was?"

„Deinem Wohnpark. Dem gesicherten Bereich. Ist ganz schön groß hier! Unser Condo hat nur vier Häuser und einen Hof."

„Also, wenn du den Kiez hier meinst, das ist der Prenzlauer Berg, unser Stadtteil. Gesichert ist der eigentlich nicht. Bloß die Straßen sind gesperrt, außer für die, die hier wohnen, natürlich."

Jochanan sah ihn ungläubig an. „Und wie verhindert ihr, dass das Pack reinkommt?"

Jetzt war es an Merlin, ungläubig zu gucken. „Das Pack?", fragte er. „Welches Pack?"

„Na ja", versuchte Jochanan zu erklären, „die anderen. Die Kriminellen und so. Die, die draußen sind. Bei uns gibt es eine Mauer mit Stacheldraht und Elektrozaun um jedes Condo und außerdem eine bewachte Sperrzone rund um die Stadt, damit keiner reinkommt."

„Und wenn ihr nach draußen wollt?"

„Nach draußen gehen wir eigentlich nicht, das ist zu gefährlich. Da ist nur das Pack."

Merlin schüttelte den Kopf. „Dann lebt ihr ja wie im Gefängnis!"

„Uns geht's gut!", entgegnete Jochanan gereizt. „Jedenfalls besser als dem Pack. Draußen herrscht Anarchie, sagt mein Vater. Der ist Historiker. Der weiß das."

Merlin sah Jochanan von der Seite her an. „Und ihr könnt wirklich nie raus aus der Stadt?"

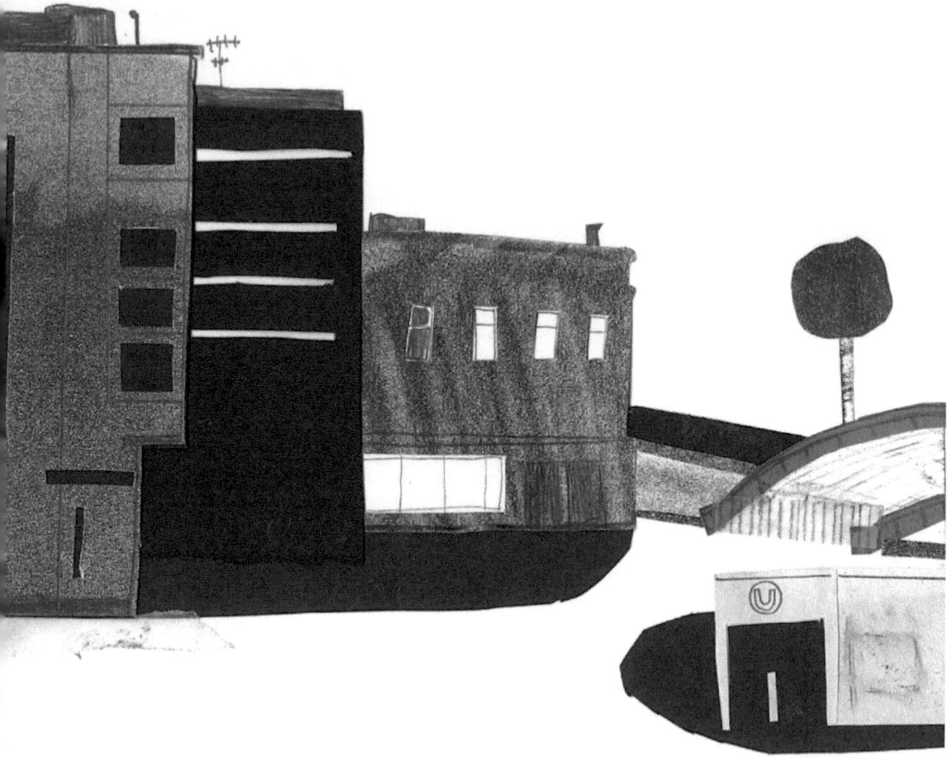

„Klar können wir. Mit Flugmobilen. Aber wer will das schon? Draußen ist es öde, alles voller streng bewachter Agrarfabriken. Nicht so wie hier. Hier ist es schöner. Ich meine, die Mücken nerven, aber sonst ist es schön hier. Das Meer und so. Und die vielen Tiere."

Merlin konnte es nicht glauben. „Reist ihr darum in die Vergangenheit? Weil es hier schöner ist?"

Jochanan zuckte die Schultern. „Ich denke schon", sagte er. „Warum sonst?"

„Na ja, vielleicht weil ihr eine Mission habt? Die Welt retten oder so was?"

„Nee", antwortete Jochanan. „Das würde ja die Zukunft verändern, oder?"

Wäre vielleicht gar keine so schlechte Idee, dachte Merlin bei sich. Laut sagte er: „Da vorn ist die U-Bahn!"

Sie gingen an der Absperrung vorbei, die den Prenzlauer Berg begrenzte, und überquerten die Straße. Zügig kletterten sie die Treppe zum Bahnhof hinauf, der auf einem Viadukt hoch über der Straße thronte. Merlin zog seine Mobilcard durch den Scanner und drückte für Jochanan auf ‚1 x Gast'. Dann sprangen sie in einen Zug, der eben im Begriff war abzufahren.

„Pass auf", sagte Merlin, als die Bahn kurz darauf ruckelnd in den Tunnel tauchte, „bei uns gibt es zwar keine Mauern und kein Pack, aber Kreuzberg ist auch nicht ohne. Ich darf da eigentlich gar nicht allein hin. Wenn Mama wüsste, dass ich Akascha besuche, würde ich echt Ärger kriegen. Also bleib einfach immer dicht bei mir, okay? Wir müssen noch ein Stück laufen."

Sie stiegen am Märkischen Museum aus. Der Ausgang der Haltestelle war auf einer Kreuzung, genau an der Grenze zu den Slums. Zwei bewaffnete Polizisten lehnten an einer gesperrten Straße, die rechts auf die gepflegte Fischerinsel führte. Merlin wandte sich nach links.

Schon nach wenigen Schritten sah die Stadt anders aus: verwahrloster, fremder, bedrohlicher. Ein kaputtes Auto stand am Straßenrand. Müllsäcke häuften sich auf dem Gehweg. Die Fassaden leer stehender Häuser waren mit Graffiti bekritzelt. In einem Hauseingang lag reglos und mit halb geschlossenen Augen ein Mann. Merlin und Jochanan wechselten die Straßenseite, um nicht an ihm vorbeigehen zu müssen. Hinter ihnen fuhr ein Auto mit quietschenden Reifen um die Ecke. Laute Musik hämmerte aus den Lautsprechern. Unwillkürlich gingen sie schneller. Unter den Bäumen eines ungepflegten Grünstreifens lungerte eine Gruppe Jugendlicher herum. Wieder wechselten die Jungen auf die andere Straßenseite.

„Es ist nicht mehr weit", sagte Merlin nervös.

Nach einer Weile bogen sie in eine Straße ein, die auf einer Seite von einer Mauer begrenzt war. Ein fauliger Geruch lag in der Luft. Auf einmal traten direkt vor ihnen drei Jugendliche aus einem Hofeingang auf die Straße. Sie trugen schwarze Klamotten und hatten metallische Tätowierungen im Gesicht. Merlin blieb abrupt stehen.

„Na, was haben wir denn da?", fragte einer der drei mit einem abschätzenden Blick. „Und wo wollt ihr beide hin?"

Merlin und Jochanan wichen zurück.

Im Nu hatten die Jugendlichen sie umringt. „Ihr habt doch bestimmt was in den Taschen", sagte einer. „Rückt mal schön eure Handys raus!"

„Hab ich zu Hause vergessen!", sagte Merlin.

„Ach was. Ist das so?"

Ehe sie sichs versahen, wurden sie gepackt und festgehalten, während einer der Jugendlichen Merlin die Tüte aus der Hand riss und darin herumwühlte. Er förderte das Essen zutage und warf es auf den Boden. „Wollt ihr hier picknicken, oder was?", fragte er böse.

„Guck mal hier!", rief derjenige, der Jochanan festhielt. Er zog die Brille des Wissenschaftlers aus Jochanans Hosentasche und hielt sie hoch.

126

Der erste pfiff leise. „Ne Computerbrille! Nicht übel!"

„Gib sie her!", rief Jochanan entsetzt.

Die Jugendlichen lachten.

Merlin versuchte, sich loszureißen. Das brachte ihm eine Ohrfeige ein. Tränen traten ihm in die Augen.

Dann ging alles so schnell, dass Merlin im Nachhinein nicht mehr wusste, was zuerst passiert war. Er trat demjenigen, der ihn geschlagen hatte, mit aller Kraft gegen das Schienbein. Der Griff um seinen Arm lockerte sich. Im selben Moment hörte er einen Schmerzensschrei und jemand rief: „Scheiße, was ist das?"

Jochanan schrie: „Lauf!"

Merlin riss sich los, griff nach der Tüte mit dem Galileo und rannte davon. Neben sich hörte er Jochanans keuchenden Atem, hinter sich schnelle, schwere Tritte. Er sah sich nicht um, sondern rannte, wie er noch nie in seinem Leben gerannt war. Da vorn war Akaschas Straße. Er sauste um die Ecke, Jochanan dicht hinter sich. Nur noch ein kleines Stück bis zu Akaschas Haus! Er achtete nicht auf das Brennen in seinen Lungen. Das Tor stand offen, ein breiter Durchgang, der zum Hinterhaus führte. Sie rasten hindurch auf den Innenhof. Eine rote Backsteinmauer trennte die Rückseite des Hofs von einer Kleingartensiedlung.

„Da rüber!", keuchte Merlin. Sie warfen sich über die Mauer und lagen atemlos auf dem nassen Boden. Draußen vor dem Tor klangen rennende Schritte, verlangsamten sich, blieben stehen. Ein Ruf, dann entfernten sich die Schritte eilig. Jochanan drehte sich und steckte etwas in die Tasche: das Lasermesser.

„Schnell!", flüsterte Merlin. Sie kletterten zurück in den Hof und sprangen zur Tür. Merlin hämmerte auf die Klingel.

Nichts.

„Komm schon!", stöhnte er. „Mach auf Akascha! Bitte mach auf!"

Da – die Schritte näherten sich wieder. Bedrohlich hallten sie im Durchgang zur Straße.

„Merlin? Was machst du denn hier?"

Merlin fuhr herum. Vor ihm stand, außer Atem und mit blitzenden schwarzen Augen:

„Akascha!"

Akascha

Unterwegs im Untergrund

Akascha rannte.

Ihre bloßen Füße klatschten auf das nasse Pflaster. Es fühlte sich gut an zu rennen. Sie wusste, dass sie schnell war, auf jeden Fall schneller als der dicke Mann, dessen Brieftasche sie eben geklaut hatte. Außerdem kannte sie jede Gasse hier, jeden Hof, jede Abkürzung. Es war ein Leichtes, ihn abzuhängen.

Mit wehenden schwarzen Haaren sauste Akascha um eine Ecke. Sie riskierte einen Blick zurück: Die Straße war leer. Ein Stück weiter vorn war das Loch im Zaun. Sie schlüpfte hindurch in den Rosenpark und verbarg sich hinter einer der vielen Statuen. Hastig öffnete sie die Brieftasche. Zum Glück hatte der Mann noch Bargeld dabei! Sie steckte es ein und warf die Brieftasche in die Büsche.

Wenige Meter entfernt eilte jetzt ihr Verfolger jenseits des Zauns schnaufend vorbei. Akascha lächelte und lief leichtfüßig durch den Park davon. Im Gehen flocht sie ihr Haar zusammen und band ein Kopftuch darum. Zufrieden schlenderte sie Richtung Ausgang. Der Morgen war erfolgreich gewesen: Das Geld würde ein paar Tage reichen.

Auf einmal blieb sie stehen. Etwas war anders als sonst. Ein leises Geräusch, wie von einem Elektromotor im Leerlauf. Beunruhigt blickte sie umher. Ein Stück weiter vorn sah sie beim Parktor etwas Blauweißes durch die Büsche blitzen: eine wartende Polizeistreife!

Schnell glitt Akascha seitlich ins Gebüsch und duckte sich. Ihr Herzschlag pochte in ihren Ohren. Sie durften sie nicht erwischen! Nicht, nachdem sie neulich auf der Wache ihre Personalien aufgenommen hatten! Da hatte sie sich noch herausreden können, dass ihre Tante verreist war. Die Polizisten hat-

ten zu Hause angerufen, aber natürlich war niemand rangegangen. Wäre da nicht dieser Großeinsatz gewesen, hätten die Polizisten sie gewiss nicht wieder laufen lassen.

Seitdem ließ Akascha das Handy ausgeschaltet. Trotzdem war es sicherlich nur eine Frage der Zeit, bis jemand mitbekam, dass ihre Tante nicht mehr lebte und dass sie allein war. Doch diese Zeit gedachte Akascha zu nutzen. Sie hatte nicht vor, sich abschieben zu lassen. Schon gar nicht nach Pakistan, in ein fernes, fremdes Land, das sie noch nie gesehen hatte und dessen Sprache sie nicht verstand.

Vorsichtig arbeitete Akascha sich jetzt durch das Gestrüpp bis zum Zaun und spähte auf die Straße. Das Polizeiauto war nirgends zu sehen. Geschmeidig kletterte sie über die spitzen Streben und ließ sich auf den Gehweg fallen. Sie überquerte mit schnellen Schritten die Fahrbahn und bog schräg gegenüber in eine Gasse ein. Es war nicht mehr weit bis zu ihrer Wohnung. Akascha begann wieder zu rennen.

Als sie um die nächste Ecke bog, prallte sie beinah mit drei jungen Männern zusammen, die ihr eilig entgegenkamen. Einer geriet ins Stolpern. „Pass doch auf, du blöde Kuh!", motzte er.

Doch Akascha war schon vorbei.

„Los, weiter!", hörte sie einen anderen rufen. Sie entfernten sich, suchend wie Hunde auf der Jagd. Wenn sie in diese Richtung weitergingen, würden sie der Polizeistreife in die Arme laufen, dachte Akascha schadenfroh. Das wäre nicht schlecht. Es würde die Polizisten ablenken.

Immer noch laufend durchquerte sie den Torweg zum Hinterhaus. Im Innenhof blieb sie abrupt stehen: Vor der Haustür wartete jemand. „Merlin? Was machst du denn hier?"

Merlin fuhr herum. „Akascha!"

Seine Augen waren angstvoll aufgerissen und er atmete schwer. Sonst war er immer so ruhig, das schätzte sie an ihm. Irgendetwas musste passiert sein.

„Was ist denn los?"

„Erklär ich dir gleich. Mach auf, schnell!"

Neben Merlin stand ein Junge, den sie noch nie gesehen hatte. An seinem Ärmel war Blut.

„Wer ist das denn?", fragte sie neugierig.

„Gleich, gleich. Mach erst auf, bevor sie zurückkommen!", drängte Merlin.

Akascha trat zur Tür und öffnete. Merlin und der andere Junge drückten sich in das enge Treppenhaus. Akascha folgte ihnen.

„Wer ist das?", fragte sie noch einmal und musterte den fremden Jungen. Er war etwas kleiner als sie und erwiderte ihren Blick aus schmalen grauen Augen. Irgendetwas war ungewöhnlich an ihm. Vielleicht dieser goldene Anhänger in Form eines Engels, den er um den Hals trug?

„Das ist Jochanan", sagte Merlin. „Können wir oben reden? Hast du meine SMS nicht gekriegt?"

„Nein, ich war unterwegs", sagte Akascha. „Jochanan. Komischer Name. Na, kommt mit." Sie stiegen die vier Treppen hoch bis unters Dach und betraten Akaschas kleine Wohnung. „Wollt ihr was trinken?"

Die beiden Jungen nickten. Sie waren ganz rot im Gesicht. Offenbar waren sie auch gerannt.

Während Akascha drei Gläser auf den Tisch stellte, betrachtete sie Jochanan genauer. Da, wo sein Gesicht nicht vom Laufen gerötet war, war die Haut sehr blass. Kinnlange dunkelblonde Haare fielen ihm ins Gesicht. Dazwischen schauten abstehende Ohren hervor. Nichts Besonderes und dennoch ...

„Also, was ist los? Was machst du hier? Und warum die Panik?", fragte sie Merlin.

„Ein paar Jugendliche sind hinter uns her", antwortete er. „Sie wollten unsere Handys klauen!"

„Die hab ich, glaub ich, gesehen!", rief Akascha. „Sie sind mir unten auf der Straße entgegengekommen. Rannten direkt auf eine Polizeistreife zu!"

Merlin und Jochanan sahen sich betroffen an. „Was ist, wenn die Polizei die Brille findet?", fragte Jochanan. Er sprach sehr leise und irgendwie seltsam. Nicht wie jemand von hier.

„Na und?", gab Merlin zurück. „Selbst wenn, die gehört doch Dr. Paulus. Wie sollen sie da auf dich kommen? Wenn sie diese Typen mit der Brille erwischen, dann werden sie seine Daten lesen, die da drauf gespeichert sind und ihm die Brille zurückgeben!"

„Welche Brille?", unterbrach Akascha irritiert. „Kann mir bitte mal einer sagen, worum es hier geht? Und wieso bringst du eigentlich jemanden mit hierher? Du weißt doch, dass ich ... "

„Ich weiß!", unterbrach Merlin sie. „Aber Jochanan muss sich irgendwo verstecken. Nur bis morgen Abend! Und da dachten wir, er könnte vielleicht ..."

„Was?", fragte Akascha ungläubig. „Er soll hierbleiben?"

Merlin nickte. Offensichtlich rechnete er fest damit, dass sie einverstanden sein würde.

„Und was ist das da?" Akascha zeigte auf das Blut an Jochanans Ärmel.

Merlin guckte betroffen.

„Das Lasermesser", sagte Jochanan leise. „Einer der Angreifer wollte es wegnehmen. Ich habe es nur festgehalten, da muss es angegangen sein."

„Immerhin hat er dann losgelassen!", sagte Merlin.

Akascha schnaubte. „Meinst du, ich habe nicht schon genug Probleme? Musst du mir auch noch hier zu Hause die Polizei auf den Hals hetzen?"

„Akascha! Ich dachte ... ", stammelte Merlin.

„Ich werde verfolgt", unterbrach Jochanan plötzlich, „aber nicht von der Polizei, sondern von einem Wissenschaftler. Wir hatten seine Computerbrille, aber die haben die Jugendlichen geklaut. Die Polizei weiß nichts von mir. Ich ... ich komme gar nicht aus dieser Zeit."

Akascha blickte ihn skeptisch an. „Was soll das heißen?"

„Er ist ein Zeitreisender, Akascha", sagte Merlin. Seine Augen glänzten. „Jochanan lebt eigentlich im Jahr 2121!"

„Ein Zeitreisender!", spöttelte Akascha. „Haben wir den ersten April, oder was?"

„Nein, wirklich! Er kommt aus der Zukunft! Und er hat seine Eltern verloren. Aber morgen Nacht gibt es mitten in Berlin ein Zeittor, dann kommen sie ihn holen!"

„Hoffentlich …", murmelte Jochanan.

Ungläubig sah Akascha von einem Jungen zum anderen. Wollten die beiden sie verarschen? Das sah Merlin gar nicht ähnlich.

„Er kann es beweisen!", sagte Merlin.

„Kannst du doch, Jochanan. Zeig ihr die Holografie!"

Jochanan zog sich die auffällige Kette mit dem Engel über den Kopf. Er hielt die goldene Figur vor sich hin und drückte darauf.

Akascha erstarrte. Vor ihr schwebte auf einmal ein winziges Abbild des Engels in der Luft. Es war durchsichtig, wirkte aber ansonsten völlig echt. Wie ein kleines Lebewesen bewegte es schwirrend seine Flügel. So eine perfekte Holografie hatte Akascha noch nie gesehen. Nicht mal bei ihrer Tante an der Uni, und die hatte doch darüber geforscht.

„Nächsten Sonntag um Mitternacht öffnet sich ein Zeittor", begann der Engel leise und verwandelte sich in ein dreidimensionales Bild des Brandenburger Tors, komplett mit Säulen und Troika. Akascha merkte, wie ihr der Mund offen stand und klappte ihn zu.

„Sei vorsichtig!", endete die Botschaft.

„Glaubst du uns jetzt?", fragte Merlin sichtlich zufrieden.

Akascha nickte langsam. „Merlin", sagte sie atemlos, „das ist ..."

„Unglaublich. Ich weiß. Hab ich auch gesagt, als Jochanan mir die Geschichte erzählt hat!"

Eine gute Stunde später hockten die drei Kinder in Akaschas Wohnzimmer und schmiedeten Pläne. „Zu dumm, dass ihr diese Brille verloren habt!", sagte Akascha.

„Stimmt. Aber wenigstens haben wir sie vorher untersucht!", warf Merlin ein.

„Dr. Paulus, der Name sagt mir nichts", grübelte Akascha. „Dem bin ich nie begegnet. Er muss zu einer anderen Abteilung gehören als meine Tante."

„Er arbeitet an irgendeinem Zentrum", sagte Merlin. „Er ist Physiker."

„Er forscht über Wurmlöcher und so", ergänzte Jochanan.

„Hm. Das ist bestimmt das Zentrum für Astronomie und Astrophysik. Ganz oben im achten Stock. Und ihr seid sicher, dass er deine Sachen hat?"

Jochanan nickte. „In der Mail stand was von einem Rucksack und einer komplizierten Flüssigkeit, die sie analysieren. Was sollte das sonst sein?"

Akascha überlegte. „Wir bräuchten Internet-Zugang, dann würden wir ihn schnell finden."

„Du hast doch einen Computer!"

Akascha schüttelte den Kopf. „Der Akku ist alle und ich hab keinen Strom mehr hier."

„Du hast keinen Strom mehr? Wieso das denn?"

„Na, weil sie ihn abgestellt haben, natürlich. Bezahlt ja keiner mehr die Rechnungen. Zum Glück gehörte die Wohnung meiner Tante, sonst hätte wahrscheinlich längst der Vermieter vor der Tür gestanden und mich rausgeworfen."

„Und was willst du jetzt machen?"

„Weiß noch nicht. Solange ich Wasser habe, bleibe ich hier."

„Und was machst du, wenn die Schule wieder anfängt?"

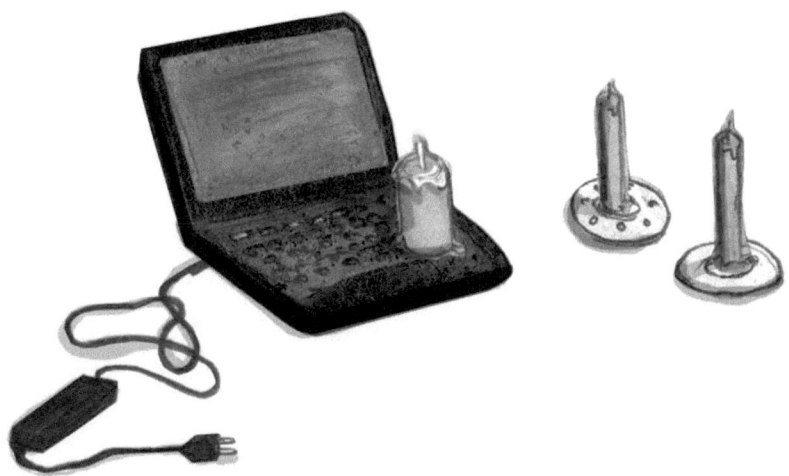

Akascha sah zu Boden. Die Frage hatte sie sich auch schon gestellt. Konnte sie es überhaupt wagen, zurück in die Schule zu gehen? Wie lange würde es dauern, bis sie aufflog? Und wenn sie nicht mehr zurückging, was dann?

Sie warf Merlin einen abschätzenden Blick zu. „Du könntest ja sagen, dass ich weg bin", sagte sie. „Abgeschoben. Zurück nach Pakistan."

Merlin sah sie fassungslos an. „Und dann? Was willst du denn machen, hier so allein? Wovon willst du leben?"

Trotzig blickte Akascha ihm in die Augen. „Ich geh putzen. Oder so was. Notfalls." Natürlich wusste sie ebenso wie er, dass das eine blöde Idee war. Ohne Schulabschluss und ohne Papiere hatte sie keine Chance.

Merlin schüttelte den Kopf. „Das ist doch verrückt!"

Akascha zuckte die Schultern. „Und wenn schon. Ist jetzt auch egal. Hier geht's ja im Moment nicht um mich, oder?"

Merlin seufzte.

„Also", fing Akascha wieder an, „ich finde, wir sollten diesem Dr. Paulus einen Besuch abstatten. In seinem Labor an der TU. Wenn er die Sachen hat, dann liegen sie mit Sicherheit irgendwo dort rum."

Jochanan warf ihr einen zweifelnden Blick zu. „Wenn wir da hingehen, dann erwischen sie uns doch!"

Akascha schüttelte den Kopf. „Wir gehen morgen, am Sonntag. Spät abends. Dann ist da garantiert niemand mehr!"

„Und wie sollen wir reinkommen?", fragte Merlin.

„Kein Problem. Ich habe noch einen Schlüssel für das Institut, von meiner Tante. Der passt auf alle Eingangstüren. Auf dem alten Campus gibt es noch keinen Fingerscanner!" Akascha sah die Jungen erwartungsvoll an. Je länger sie überlegte,

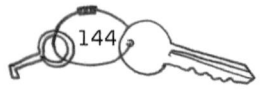

desto besser gefiel ihr dieser Plan. Nicht nur, weil er ein Abenteuer versprach. Sondern auch, weil die Vorstellung, ein Mittel in Händen zu halten, mit dessen Hilfe man durch die Zeit reisen konnte, sie faszinierte.

Die beiden anderen schienen ihre Begeisterung jedoch nicht recht zu teilen.

„Was ist los?", fragte sie. „Ihr habt doch gesagt, er braucht dieses Schlafreisezeug für den großen Sprung morgen Nacht, oder etwa nicht?"

„Schon", meinte Jochanan. „Aber meine Eltern werden wahrscheinlich etwas mitbringen, wenn sie kommen. Sie wissen ja, dass mein Somniavero im Bus geblieben ist. Da jetzt ins Labor zu gehen ..." Er schüttelte langsam den Kopf. „Ist doch ganz schön gefährlich, oder? Ich möchte diesem Dr. Paulus eigentlich nicht noch mal begegnen."

„Ich auch nicht!", pflichtete Merlin ihm bei.

Akascha legte den Kopf schief und sah die beiden an. Sie hatte auf einmal eine Idee. Eine goldene, glorreiche Idee, die alle ihre Probleme auf einen Schlag lösen würde. „Und deine anderen Sachen?", fragte sie langsam. „Ist doch vermutlich nicht gut, wenn so ein futuristisches Zeug hier in dieser Zeit zurückbleibt, oder? Würde das nicht die Zukunft beeinflussen?"

Jochanan wirkte unentschlossen.

„Ich weiß nicht, Akascha", sagte Merlin. „Du hättest den Typen sehen sollen. Der ist echt unheimlich!"

Akascha ließ nicht locker. „Kommt schon, was ist denn dabei? Sonntagabend ist er bestimmt nicht da! Wir gehen rein, greifen uns diesen Rucksack und marschieren wieder raus. Wenn ihr wollt, gehe ich auch vor und seh nach, ob die Luft rein ist. Euer Dr. Paulus kennt mich ja nicht. Und danach machen

wir uns direkt auf den Weg zum Brandenburger Tor. Das ist nicht weit, nur einmal quer durch den Tiergarten!"

Merlin sah sie misstrauisch an. „Wieso bist du eigentlich so scharf darauf, in dieses Labor einzubrechen?", fragte er.

Akascha zuckte die Schultern und bemühte sich, ihrer Stimme einen gleichgültigen Tonfall zu geben. Merlin würde ihren Plan sicherlich nicht gutheißen. Es war besser, er ahnte nichts davon. „Wieso? Ist doch logisch. Ihr habt mich um Hilfe gebeten. Du kennst mich doch! Sollen wir etwa bis morgen Abend hier herumsitzen und Däumchen drehen?"

Das war nur die halbe Wahrheit. Akascha sagte es den Jungen nicht, doch sie war fest entschlossen, dieses Zeitreise-Mittel zurückzuerobern. Allerdings nicht unbedingt für Jochanan, der brauchte es ja anscheinend gar nicht mehr. Sondern für sich selbst.

Am späten Nachmittag machte Merlin Anstalten aufzubrechen. „Mama sagt, ich soll vor acht zu Hause sein. Ist vielleicht auch besser so. Morgen wird ja ne lange Nacht."

„Ich begleite dich", sagte Akascha. „Damit du nicht wieder irgendwelchen Wegelagerern in die Hände fällst ... " Sie lächelte spitzbübisch.

Merlin schnaubte. „Diese Idioten. Hoffentlich hat die Polizei sie erwischt!"

„Was ist mit dir?", wandte Akascha sich an Jochanan, obwohl sie eigentlich lieber mit Merlin allein gehen wollte.

Jochanan schien das zu verstehen oder aber er hatte einfach genug von den Straßen Berlins. Jedenfalls schüttelte er den Kopf. „Ich würde lieber hierbleiben. Wenn das für dich in Ordnung ist?"

„Kein Problem. Bin bald wieder da!"

Akascha ließ die Tür ins Schloss fallen und folgte Merlin hinaus über den Innenhof auf die Straße. Die Regenwolken hatten sich verzogen. Tief und rotgolden hing die Sommerabendsonne über den Häusern.

„Du, Merlin", begann Akascha.

„Ja?"

„Was hältst du eigentlich davon?"

„Wovon?"

„Na, von dieser ganzen Zeitreise-Geschichte. Von dem, was Jochanan erzählt hat."

„Du meinst, die Zukunft und so?"

Akascha nickte.

„Na ja", sagte Merlin nachdenklich, „Jochanan scheint gar nicht so zu merken, in was für einer beschissenen Welt er eigentlich lebt! Wenn das alles stimmt, was er sagt, dann bin ich froh, dass ich jetzt lebe und nicht in hundert Jahren."

„Wenigstens haben sie es geschafft, die Erderwärmung zu stoppen!", warf Akascha ein.

„Ja, aber viel zu spät! Du hast doch gehört. Es gibt keine Tiere mehr, keine Wälder, keine Korallenriffe! Das Meer ist leer gefischt und tot. Und die Reichen verschanzen sich hinter Dämmen und Mauern in ihren luxuriösen Hochsicherheits-Condos, während die Armen draußen vor der Tür verrecken! Mann ... ich wünschte, ich wüsste nichts von dieser Zukunft!"

Akascha kickte nachdenklich eine leere Bierdose in den Rinnstein. „Eigentlich wollte Jochanan gar nichts erzählen."

„Hat er aber."

„Vielleicht übertreibt er ja."

Merlin schüttelte den Kopf. „Glaub ich nicht. Guck dir an, was in den letzen paar Jahren auf der Welt passiert ist. Die

147

Arktis ist im Sommer völlig eisfrei. Der Meeresspiegel steigt immer schneller. Und weil es zu warm ist, sterben die Wälder im Norden."

„Darum gibt es doch jetzt diese neue Klimaabgabe, über die alle schimpfen, oder?"

„Die weltweite Kohlenstoff-Steuer?"

Akascha nickte.

„Damit verdienen die Industrieländer sich doch nur eine goldene Nase. Es gibt acht Milliarden Menschen auf der Welt, Akascha, und die Hälfte ist auf der Flucht wegen irgendwelcher Naturkatastrophen. Ich kann mir schon vorstellen, dass das nicht mehr lange gut geht."

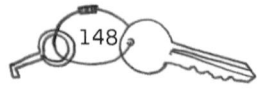

Akascha sah ihn an. „Und am Ende gibt es dann eine Welt-regierung, die die letzten Nahrungsmittel für die Reichen hor-tet und mit Panzern bewacht?"

Merlin zuckte die Schultern. „So ungefähr. Sagt Jochanan jedenfalls."

Bedrückt gingen sie nebeneinander her. Schließlich sagte Akascha halblaut: „2121 ist gar nicht so weit weg. In 90 Jah-ren. Da leben wir wahrscheinlich noch."

„Dann sind wir aber uralt."

„Und wenn wir nicht uralt wären?"

Merlin sah sie an. „Wie meinst du das?"

„Wenn wir nicht uralt wären. Könnten wir dann nicht irgend-was ändern?"

„Versuchen wir doch. Darum bin ich ja bei Greenpeace!"

Akascha schüttelte den Kopf. „Man müsste den Leuten jetzt sagen, was passieren wird! Wir müssten Beweise aus der Zukunft holen!"

„Bist du völlig abgedreht? In der Zukunft ist die Vergangenheit doch schon passiert! Was soll man da

noch ändern? Außerdem, wer will schon in diese Zukunft reisen?"

Ich, dachte Akascha. Ich will in diese Zukunft reisen. Aber laut sprach sie diesen Gedanken nicht aus.

Nachdem sie Merlin zur U-Bahn gebracht hatte und auf dem Rückweg zu ihrer Wohnung war, grübelte Akascha über ihren Plan nach. Zuerst war er ihr nur als ein Ausweg aus der Misere hier in Berlin erschienen. Da wusste sie noch nicht, was sie im Jahr 2121 erwartete. Andererseits wusste sie das auch jetzt nicht, nicht richtig jedenfalls. Warum war sie sich eigentlich so sicher, dass das Ganze eine gute Idee war? Außer Jochanan kannte sie niemanden in der Zukunft und sie hatte so eine Ahnung, dass er jede Menge Ärger bekommen würde, wenn sie

mit ihm zusammen dort auftauchte. Und sie vermutlich ebenfalls. Was, wenn man sie gleich bei der Ankunft einsperren oder schlimmer noch, nach draußen abschieben würde? Dann wäre sie Teil des Packs. So nannte Jochanan die Menschen, die außerhalb der gesicherten, abgeriegelten Festungen der Reichen lebten. Nach allem, was er erzählte, war das alles andere als lustig. Schlimmer als Kreuzberg, viel schlimmer ...

Aber irgendwie war Akascha überzeugt, dass ihr so etwas nicht passieren würde. Wenn sie es schaffte, durch dieses Zeittor zu gehen, dann – ja, was dann? Sie hatte keine Ahnung. Aber alles, was dann kommen konnte, war besser, als hier in Berlin von der Hand in den Mund zu leben, bis die Polizei sie aufgriff.

Und diese plötzliche verrückte Idee, die Vergangenheit und damit vielleicht auch die Zukunft zu verändern? War das überhaupt möglich? Noch etwas, das sie nicht wusste. Etwas, das sie ausprobieren musste, wenn sie es wissen wollte. Eines nach dem anderen, sagte Akascha sich. Wahrscheinlich klappt diese ganze verrückte Reise in die Zukunft sowieso nicht. Was, wenn wir das Somniavero gar nicht finden? Oder wenn Jochanan es doch selber braucht?

Akascha bog in ihre Straße ein und lehnte sich vor dem Tor an die warme Sandsteinwand. Schwalben tanzten in der Luft. Die Abendsonne malte lange Schatten auf die Hauswände. Sollte sie Jochanan in ihren Plan einweihen? Sie zögerte lange. Wie würde er reagieren? Es war schwierig, diesen fremdartigen Jungen einzuschätzen. Sie war sich nicht einmal im Klaren darüber, ob sie ihn überhaupt mochte, oder er sie.

Akascha schüttelte den Kopf. Wozu schlafende Hunde wecken, wenn überhaupt nicht klar war, was passieren würde.

Zuerst mussten sie das Somniavero aus dem Labor holen. Dann konnte sie weitersehen. Eines nach dem anderen.

Am nächsten Vormittag klingelte es Sturm an der Haustür. Akascha sah aus dem Fenster. „Endlich!", sagte sie erleichtert zu Jochanan, der neben ihr stand und drückte den Türöffner. Merlin kam mit schnellen Schritten die Treppe heraufgelaufen. „Dieser Mistkerl!", stieß er wütend hervor, kaum dass er in der Tür war.

Jochanan wurde blass. „Dr. Paulus?"

„Quatsch! Mein blöder Bruder!" Merlin schien richtig sauer. „Er hat irgendwie rausgekriegt, dass ich gestern hier war und es prompt meinen Eltern erzählt. Natürlich hab ich jede Menge Ärger gekriegt, als ich nach Hause kam. Dann habe ich ihn nur ein bisschen geschubst und da gab's auch noch Hausarrest!"

„Hausarrest? Und wieso bist du dann hier?", fragte Akascha.

„Na, ich bin abgehauen, was sonst! Glaubst du, ich bleib zu Hause und lass euch allein in die Höhle des Löwen gehen?"

„Und was ist, wenn deine Eltern jetzt hier auftauchen?"

„Quatsch, das machen die nicht. Die wissen gar nicht, wo ich hin bin." Merlin grinste und ließ sich auf das abgenutzte Sofa fallen. „Um genau zu sein, wissen sie auch nicht, dass ich weg bin! Ich bin nämlich aus dem Fenster über die Birke nach unten geklettert. Und meine Zimmertür ist von innen abgeschlossen!" Diese Erzählung seiner Heldentaten machte ihm offensichtlich wieder gute Laune. „Trotzdem, was für ein Idiot von einem Bruder!", schimpfte er herzhaft und zog seine Schuhe aus. „Hast du irgendwas zu essen?", fragte er mit einem hungrigen Blick Richtung Küche. „Ich musste ohne Frühstück los!"

153

Akascha schüttelte den Kopf. „Ich muss erst was besorgen. Wir haben nur auf dich gewartet!"

„Na, dann los!", sagte Merlin munter und zog sich wieder an. „Worauf warten wir? Lass uns endlich gehen. Wir stehen Schmiere, und du ..."

„Ich habe Geld!", unterbrach ihn Akascha. „Das ist besser als Klauen. Vor allem heute. Wir gehen rüber zum Türken, der hat sonntags auf."

„Gibt es dort auch Essen ohne Tier?", wandte Jochanan ein, während er das Lasermesser in die Tüte mit dem Galileo packte.

„Klar!", sagten Akascha und Merlin wie aus einem Mund. Akascha lachte. „Keine Sorge", meinte sie. „Der hat Gemüse, so viel du willst!"

Draußen schien die Sonne golden von einem strahlend blauen Himmel. Die Straße war menschenleer. Nur in dem kleinen Café gegenüber saßen ein paar Gäste vor einem späten Frühstück. Vermutlich hatte halb Berlin die Badehose eingepackt und war an einen der Seen im Umland geflüchtet. Und die andere Hälfte war sowieso lieber nachts unterwegs.

Gemächlich wanderten die Kinder einige Straßen weiter bis zum Türken. Sie kauften Böreks und süßes Gebäck und setzten sich in die Sonne. Die Vorstellung, dass sich heute um Mitternacht ein Tor in die Zukunft öffnen sollte, erschien Akascha unwirklich. Alles war so friedlich. Fast tat es ihr leid, die Stadt verlassen zu wollen. Wenn es denn dazu kam.

Merlin zog das Galileo aus der Tüte. „Mal gucken, wie wir da heute Abend am besten hinkommen!", sagte er.

„Weiß ich doch!", sagte Akascha gelangweilt. „Mit der roten U-Bahnlinie."

„Kann nicht schaden, noch mal nachzusehen!" Unbeirrt machte Merlin sich daran, die Batterien wieder einzubauen.

„Denk an den kleinen Knopf!", erinnerte ihn Jochanan.

„Ach ja, richtig."

Akascha schaute ihm über die Schulter. „Siehst du? Hier, die rote Linie, Haltestelle Ernst-Reuter-Platz. Und dahinter, hinter dem Campus, da fängt der Tiergarten an." Sie fuhr mit dem Finger von links nach rechts über die große grüne Fläche mitten auf dem Stadtplan von Berlin.

„Der Tiergarten? Gibt es dort viele Tiere?", fragte Jochanan neugierig.

„Bestimmt, aber die verstecken sich im Unterholz."

Merlin nickte. „Wenn du Tiere aus der Nähe sehen willst, musst du nach nebenan gehen. Da ist der Zoo, wo mein Vater arbeitet!"

„Dafür haben wir aber keine Zeit, oder?"

„Na ja", sagte Akascha. „Wir kommen heute Abend direkt da vorbei! Vielleicht können wir ja etwas früher losgehen?"

In diesem Moment klingelte Merlins Handy. Er warf einen Blick drauf und verzog das Gesicht.

„Deine Mutter?", fragte Jochanan.

Merlin nickte. „Ich geh nicht ran", sagte er trotzig und klickte das Gespräch weg.

Akascha sah auf ihre Uhr. Es war gerade erst Mittag. Die Stunden schienen sich zu dehnen, so als wäre dieser Tag länger als andere. Sie stand auf. „Wir haben noch jede Menge Zeit. Lasst uns erst mal zum Engelbecken gehen. Ist nicht weit. Da können wir uns ein bisschen abkühlen!"

Auf dem Grünstreifen in der Straßenmitte schlenderten die Kinder bis zu dem kleinen Park mit der tief liegenden, ummau-

erten Wasserfläche. Ganz früher war das Bassin einmal ein Hafenbecken gewesen, hatte Akaschas Tante ihr einmal erzählt. Später ein Schwimmbad, und schließlich Sperrgebiet. Im letzten Jahrhundert verlief an dieser Stelle die berüchtigte Mauer zwischen Ost- und Westberlin. Akascha mochte diesen Ort. Er lag an der Grenze zu den besseren Bezirken und es gab einen Kiosk. Sie kaufte Eis für alle. Dann setzten die Kinder sich ans Wasser und beobachteten die Spatzen, die im trockenen Sand badeten.

Irgendwann machten sie sich auf den Rückweg zur Wohnung. Als Akascha vor der Tür nach ihrem Schlüssel fischte, hörten sie plötzlich ein Geräusch und fuhren herum. Auf der Mauer, die den Hof zum Kleingarten hin begrenzte, saß ein etwa neunjähriger Junge mit roten Haaren und einem Gesicht voller Sommersprossen.

„Michi?", rief Merlin verblüfft.

Akascha zog die Augenbrauen hoch. Das also war Merlins berüchtigter Bruder Michael. Was zum Teufel wollte der denn hier?

„Wie bist du hierhergekommen?", fragte Merlin ärgerlich.

Michael spähte zum Tor, sprang von der Mauer herunter und lief zu ihnen herüber. „Mit dem Fahrrad!", sagte er stolz. „Ganz allein!" Dann wurde er plötzlich verschwörerisch. „Ich weiß was, was du nicht weißt!", flüsterte er in wichtigem Tonfall. „Ihr werdet verfolgt! Du und dein neuer Freund!" Er warf einen neugierigen Blick auf Jochanan. Merlin stöhnte. „Klar weiß ich das, Michi! Aber das geht dich überhaupt nichts an! Was willst du hier? Woher wusstest du überhaupt, dass ich hier bin? Mann, ich kann dich heute echt nicht gebrauchen!"

„War ganz einfach! Ich hab gestern die Telefonnummer auf deinem Handy mit der Adressliste deiner Klasse verglichen!", antwortete Michael unschuldig. „Da stand diese Adresse drauf. Und dann hab ich im Computer auf dem Stadtplan nachgeguckt."

Akascha mischte sich ein. „Weiß deine Mutter, dass du abgehauen bist?"

Michael schüttelte den Kopf. „Nö", sagte er. „Ich bin heimlich weggefahren. Mama hatte Besuch." Er blickte zurück zu Merlin und holte tief Luft. „Von einem Typ mit so ner schwarzen Brille. Der hat nach euch gefragt!"

„Was?", riefen Merlin und Jochanan gleichermaßen entsetzt.

„Ja!", fuhr Michael fort, sichtlich entzückt über die Reaktion der beiden. „Er kam so ne Stunde oder so nachdem du weg warst. Ich hab dich gesehen, wie du aus dem Fenster geklettert bist! Ich hab Mama aber nichts gesagt! Und dann klingelte es und der Mann kam und ich hab gelauscht."

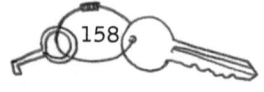

„Was hat er gesagt?"

Akascha unterbrach sie nervös. „Wollen wir nicht lieber nach oben gehen?"

Michael nickte eifrig. „Ja, das ist besser! Der Mann sitzt da nämlich jetzt und bewacht das Haus hier." Er zeigte Richtung Tor. „Da gegenüber, auf der anderen Straßenseite, im Café!"

„Damit wäre der Zoobesuch gestrichen!", sagte Merlin düster. Sein Bruder hockte im Schneidersitz neben ihm auf dem Sofa und knabberte einen übrig gebliebenen Börek. Jochanan war im Bad und versuchte, das Nasenbluten zu stoppen, das er nach Michaels Enthüllung bekommen hatte.

Akascha stand am Fenster und spähte hinunter in den leeren Innenhof. Sie war immer noch außer Atem. So schnell war sie noch nie die vier Stockwerke hochgerannt! „Wie hat er euch bloß hier gefunden?", überlegte sie laut.

Merlin warf Michael einen finsteren Blick zu. „Ist doch klar. Michi hat mal wieder gepetzt!"

„Stimmt gar nicht!", rief Michael beleidigt. „Ich hab dich sogar angerufen, um dich zu warnen!"

„Du warst das vorhin?"

Michael nickte. „Aber du bist nicht rangegangen! Also bin ich hierhergefahren. Der Mann sagt, er ist der Onkel von deinem Freund und dass er ausgerissen ist – dein Freund, meine ich. Aber er hat einen Sender, sagt der Mann, so einen Satelliten-Tracker für Kinder. So wie Ben, weißt du, damit seine Mutter ihn wieder finden kann, wenn er mal weg ist. Nur, der Sender war aus! Aber als er zuletzt an war, da war das in unserer Wohnung. Darum wusste der Mann, dass ihr da wart!"

159

Jochanan kam zurück ins Zimmer, einen Pfropf aus Klopapier in der Nase. Die anderen Kinder sahen ihn schweigend an.

„Was ist los?"

„Wieso hast du uns Lügengeschichten aufgetischt?", fragte Akascha vorwurfsvoll.

„Was?"

„Du kommst gar nicht aus der Zukunft. Dr. Paulus ist dein Onkel!"

„Was?" Sprachlos blickte Jochanan von Akascha zu Merlin.

„Du hättest uns ruhig die Wahrheit sagen können!", sagte Merlin. Seine Stimme klang enttäuscht. „Warum bist du von zu Hause abgehauen?"

„Ich bin nicht abgehauen!", sagte Jochanan empört. „Und ich habe die Wahrheit gesagt!"

Akascha und Merlin warfen sich einen zweifelnden Blick zu. „Dr. Paulus behauptet das aber!", sagte Merlin.

„Ihr habt doch das Hologramm gesehen!", sagte Jochanan und wischte sich das Blut von den Händen an der Hose ab. „Und das Lasermesser! Ist doch klar, wer hier lügt, oder? Dr. Paulus natürlich!"

Das war immerhin möglich, dachte Akascha erleichtert. Nicht wahrscheinlich, aber möglich.

Merlin schien Jochanan jedenfalls zu glauben. „Aber einen Satelliten-Tracker muss Dr. Paulus wirklich haben, sonst hätte er dich nicht hier finden können!", sagte er nachdenklich. „Michi, was ist dann passiert?"

„Dann hat der Mann gesagt, Mama soll ihm Bescheid sagen, wenn ihr wiederkommt. Und dann hat es in der Brille von dem Mann gepiepst und da ist er ganz schnell weggegangen."

„Da muss der Sender wieder angegangen sein!", sagte Akascha.

Merlin wurde blass. „Wann genau war das, Michi? Weißt du die Uhrzeit?"

„So gegen Mittag", antwortete Michael. „Guck doch auf dein Handy!"

„Das Galileo!", sagte Jochanan heiser. „Um die Zeit hast du die Batterie wieder eingebaut!"

Merlin nickte langsam. Er zog das Navigationsgerät aus der Tasche und legte es auf den Tisch, vorsichtig, wie eine giftige Schlange.

„Nimm die Batterie raus! Schnell!", drängte Akascha.

„Nein", sagte Merlin. „Er weiß doch sowieso, dass wir hier sind. Was glaubst du, warum er noch nicht vor der Tür steht? Er wartet. Er beschattet uns! Wenn wir jetzt das Signal ausschalten …"

„Dann kommt er …", beendete Jochanan flüsternd den Satz.

Merlin nickte. „Wir haben ein ernstes Problem."

Um 21.15 Uhr klingelte endlich das Handy. Akascha sah auf die Anzeige: Merlins Nummer. Wie verabredet klickte sie den Anruf weg und verließ mit Jochanan das Haus. Vorsichtig schlichen sie dicht an der Wand entlang bis zur Toreinfahrt und spähten hinüber zum Café auf der anderen Straßenseite. Die Stühle waren leer.

Hoffentlich hat der Plan funktioniert!, dachte Akascha. Wenn alles gut gegangen war, dann war Dr. Paulus jetzt unterwegs zu Merlins Wohnung und der Weg ins Labor frei.

„Ich geh vor", wandte sie sich an Jochanan. „Du zählst bis 20. Wenn ich dann nicht wieder da bin, gehst du los, verstanden?"

Jochanan sah sie mürrisch an, nickte jedoch. Er war immer noch gegen den Plan, ins Labor einzubrechen. Am liebsten hätte er in der Wohnung gewartet, bis es Zeit war, direkt zum Brandenburger Tor zu gehen. Seit dieser Dr. Paulus wieder auf ihrer Spur war, konnte er es anscheinend kaum erwarten, zurück nach Hause zu kommen.

Akascha schlüpfte aus dem Tor und überquerte die Straße. Sie näherte sich dem Café von der Seite. Ein Schild hing in der Tür: Geschlossen. Gegenüber kam Jochanan aus der Toröffnung und lief in die Richtung, die sie ihm genannt hatte. Akascha folgte mit etwas Abstand. Erst nach einigen Minuten schloss sie zu ihm auf.

„Ist er weg?", fragte Jochanan.

Akascha nickte. „Will aber nichts heißen", sagte sie. „Er könnte sich natürlich versteckt haben."

Nervös sah Jochanan sich um.

„Geh weiter", flüsterte Akascha. „Falls er doch auftaucht, hängen wir ihn an der U-Bahn ab. Er weiß ja nicht, wo wir hinwollen."

Eilig trabten die Kinder zur U-Bahn-Haltestelle am Kottbusser Tor. In der Regel vermied Akascha es, in diese Richtung zu gehen. Hier war Kreuzberg am gefährlichsten. Doch heute wollte sie so schnell wie möglich von der Straße runter.

Ohne Zwischenfälle erreichten sie den verödeten Platz und nahmen den nächsten Zug Richtung Uhlandstraße. Akascha hatte extra eine Strecke gewählt, bei der sie einmal umsteigen mussten. Doch niemand folgte ihnen. Es waren überhaupt wenige Leute unterwegs. Gut, es war Sonntagabend, vielleicht gab es ein Fußballspiel im Fernsehen, aber dennoch, so leer hatte sie die Stadt selten gesehen.

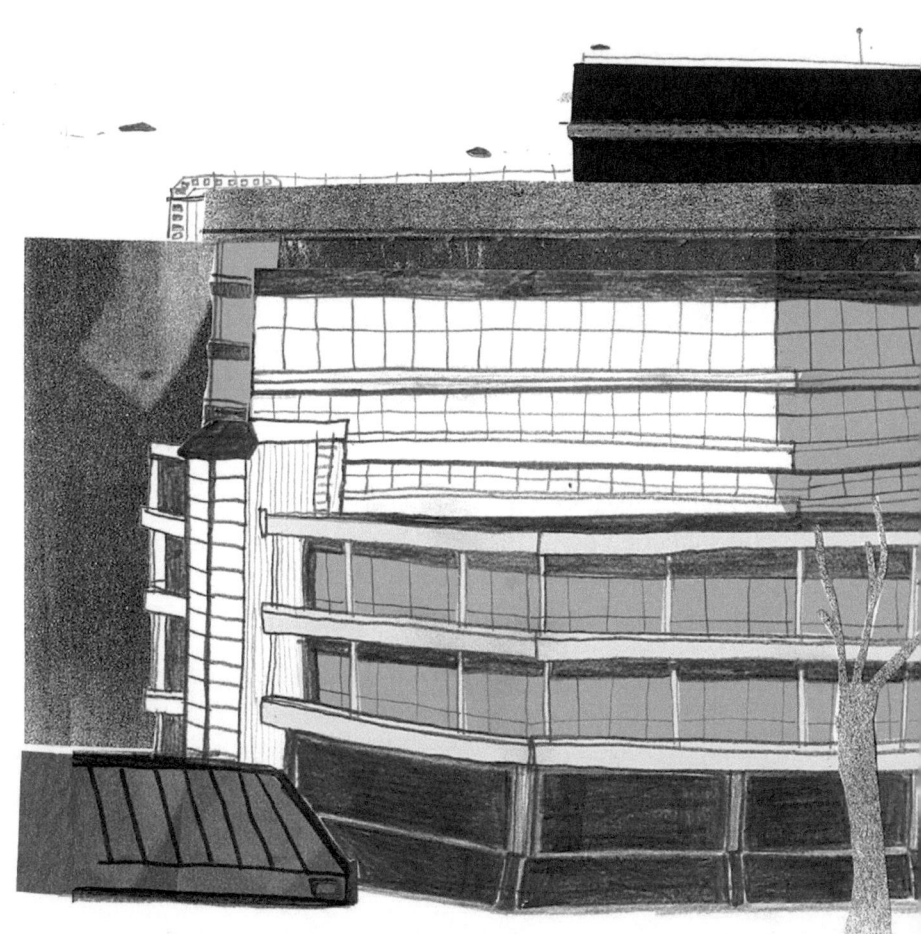

„Da ist das Institut", sagte Akascha, als sie nach einer knappen halben Stunde wieder aus dem Berliner Untergrund auftauchten. Auf der anderen Seite einer mehrspurigen Straße ragte das hohe, grünweiße Gebäude hinter einer Reihe Bäume in den Abendhimmel. „Wir gehen hinten rein", erklärte sie Jochanan. „Vorne sitzt der Pförtner. Der sollte uns besser nicht sehen."

Sie überquerten die Straße und kamen an eine Glastür, hinter der eine Betontreppe in einem gläsernen Treppenhaus nach oben führte. Die untergehende Sonne spiegelte sich rot in der Fassade. ‚Kein Eingang!' stand auf einem Schild.

„Interessiert uns nicht", sagte Akascha und schloss auf. „Also los", flüsterte sie, „achter Stock!"

Die Kinder hasteten die Treppe hinauf. Akascha war froh, als sie endlich oben angekommen waren. Sie sah sich um. „Hier hängt ein Plan", flüsterte sie. „Da, diese Zwischentür, da müssen wir durch."

Nur mit Mühe gelang es ihnen, die schwere Eisentür zu öffnen. Dahinter war es düster. Unter einer uralten flackernden Neonbeleuchtung erstreckte sich ein langer Flur mit grünem Plastikboden und gelben Türen auf beiden Seiten. Neben den Türen hingen Poster und Ankündigungen.

„Und jetzt?", fragte Jochanan.

„Jetzt suchen wir seinen Raum!"

Sie schlichen den Flur entlang und inspizierten die Schilder neben den Türen.

„Hier!", rief Jochanan endlich. Dr. Paulus' Zimmer war das letzte auf der rechten Seite. Akascha zog den Schlüssel aus der Tasche und steckte ihn ins Schloss.

Er passte nicht.

„Na toll", sagte Jochanan.

„Kannst du mal die Klappe halten!", fuhr Akascha ihn an.

„Wieso? Der Schlüssel passt nicht!"

„Das sehe ich auch!" Sie versuchte es noch einmal. Es nützte nichts, der Schlüssel ließ sich nicht drehen.

„Du hast gesagt, dein blöder Schlüssel passt auf alle Türen!"

„Im dritten Stock passt er auch überall!"

Jochanan verdrehte die Augen. „Das ist doch total schwachsinnig! Jetzt sind wir ganz umsonst hierhergekommen!"

„Wir sind deinetwegen hier, schon vergessen?", zischte Akascha.

Jochanan schüttelte den Kopf. „Irrtum! Du wolltest unbedingt hier einbrechen!"

„Du hast deinen Rucksack verdaddelt!"

„Bist du meine Mutter, oder was?"

Wütend standen Akascha und Jochanan sich in dem schmalen Gang gegenüber. Hätte Merlin diesen dämlichen Jungen doch bloß nie mitgebracht!, dachte Akascha. Ich sollte ihn hier sitzen lassen, dann kann er sehen, wie er zurück in seine bescheuerte Zukunft kommt!

Sie lauschte. Im leeren Gang hallten ihre lauten Worte nach. Oder war da etwas anderes?

„Sei still!"

„Ich rede, wann ich ..."

„Psst! Da kommt jemand!"

Jochanan erstarrte. Da, das waren unverkennbar Schritte. Sie näherten sich der Tür, durch die sie gekommen waren.

„Schnell, hier lang!"

Akascha und Jochanan rannten um eine Ecke, durch eine Glastür, bogen ab in einen identischen Flur. Die Schritte folgten. Am Ende dieses Flurs war eine Glastür. Die Kinder drängten

sich hindurch und standen im Eingangsbereich des Instituts. Akascha zog Jochanan nach links, an die Wand. Hinter ihnen näherten sich die Schritte der Glastür. Gehetzt blickte Akascha umher. Zwei Fahrstühle gegenüber. Ein Treppenhaus, unerreichbar, ohne gesehen zu werden. Links eine Tür nach draußen, auf eine Art offenen Balkon, der ein Stück weiter um die Ecke führte und außer Sicht verschwand. Akascha drückte die Klinke. Wider Erwarten war die Tür offen. Die Kinder schlüpften nach draußen. Sofort schlug ihnen Hitze entgegen. Hinter ihnen fiel die Tür ins Schloss.

Akascha zögerte. Eigentlich war es nur ein schmaler Steg aus Metall, der frei hängend um das ganze Gebäude führte. Unter ihren Füßen sah sie durch ein Drahtgitter acht Stockwerke tiefer den steinernen Boden des Hinterhofs.

Ihr wurde schwindlig. Sie hatte Höhenangst!

„Komm, schnell! Worauf wartest du?" Jochanan drängte sich an Akascha vorbei. Er hatte offensichtlich kein Problem mit großen Höhen.

Akascha biss die Zähne zusammen. Mit bebenden Knien folgte sie Jochanan um die Ecke und stöhnte auf. Vor ihnen führte der Steg bis zum anderen Ende des großen Gebäudes, nur gesichert durch ein offenes Geländer mit Drahtseilen. Rechts gähnte der Abgrund. Dahinter Dächer und Häuserschluchten.

„Weiter!", flüsterte Jochanan. „Komm schon! Sieh nicht nach unten!"

Dicht an die Wand geschmiegt schlichen sie den langen, ausgesetzten Steg entlang. Doch als sie endlich um die gegenüberliegende Hausecke bogen, hielten sie bestürzt inne. Hier ging es nicht mehr weiter. Der Steg war zu Ende! Wenn jemand jetzt

hinter ihnen her kam, saßen sie in der Falle. Akascha schloss die Augen.

Ängstlich in der Ecke zusammengedrängt warteten die Kinder ab. Tief unter ihnen fuhr ein Auto. Irgendwo in der Luft schrie ein Stadtfalke. Niemand kam.

Nach langen Minuten rührte Jochanan sich.

„Er ist bestimmt weg", flüsterte er. „Lass uns gehen, oder?"

Akascha nickte. Vorsichtig balancierten sie zurück, vorbei an einer Reihe Fenster, die ihnen den Einblick in kleine Büros erlaubten. Jochanan blickte neugierig hinein. „Sieh mal!", rief er auf einmal aus. „Dort! Das ist mein Rucksack!"

Der Rucksack lag auf einem Schreibtisch, offenbar hastig ausgeleert. „Das muss Dr. Paulus' Raum sein!", sagte Akascha.

„Kommen wir da irgendwie rein?", fragte Jochanan.

„Mal sehen." Prüfend besah Akascha sich die Fenster. Eines war gekippt. „Hier, das müsste gehen!" Sie warf einen schaudernden Blick in die Tiefe. „Versuch du mal. Du musst den Fenstergriff nach unten drehen! Ich trau mich nicht ..."

Jochanan zog sich hoch auf den schmalen Sims und quetschte seinen Arm von oben durch das Fenster.

„Fall bloß nicht runter!", sagte Akascha. Der Gedanke drehte ihr den Magen um.

Ächzend mühte Jochanan sich ab. Endlich bekam er den Griff zu fassen. Jetzt hing das Fenster nur noch an einer Ecke und schwang schräg nach innen auf. Im Nu waren die Kinder drinnen.

„Hier ist mein Pad!", rief Jochanan aufgeregt.

„Leise!", mahnte Akascha. „Such die anderen Sachen!"

Sie durchstöberten den gesamten Raum, leerten die Schubladen und durchsuchten den Schrank, aber weder der Holo-

167

Handschuh noch das Somniavero waren irgendwo zu finden. Enttäuscht sahen sie sich an.

„Vielleicht ist es noch im Labor", sagte Akascha und wandte sich zur Tür. „Wir müssen da nachsehen!"

Aber in diesem Moment hörten sie etwas, das ihnen die Haare zu Berge stehen ließ: ein leichtes Scharren vor der Tür. Das Geräusch eines Schlüssels, der in ein Schloss gesteckt wird.

„Auf den Balkon!", wisperte Jochanan. Panisch sprangen sie über die Fensterbank hinaus und hasteten den Steg entlang bis um die Ecke. Da war der Eingang! Drinnen, hinter der Glastür, war alles verlassen. Akascha stürzte zur Tür und wollte die Klinke drücken. Doch da war keine Klinke, nur ein Knauf.

Die Tür war von außen verschlossen!

„Wir sind ausgesperrt!", flüsterte Akascha entsetzt. Sie fühlte eine Welle von Panik in sich hochsteigen. Wie sollten sie hier je wieder runterkommen?

Jochanan zog sie am Ärmel. „Da hinauf", sagte er leise.

Akascha sah sich um. Dort, in der Ecke des Gebäudes, führte eine mit einem Ring gesicherte Leiter senkrecht nach oben aufs Dach des Instituts. Akascha schüttelte erstarrt den Kopf.

„Du zuerst", sagte Jochanan und gab ihr einen kleinen Schubs. „Ich bleibe dicht hinter dir!"

Akascha holte tief Luft, um ihre Furcht zu unterdrücken, dann überwand sie sich und begann zu klettern. Nicht hinuntersehen, dachte sie, nur nicht hinuntersehen in den Abgrund. Hinter sich hörte sie Jochanans Atem, das half. Es ging besser als erwartet. Nach kurzer Zeit waren beide Kinder auf dem Dach, hoch oben über den Häusern von Berlin.

„Was jetzt?"

„Jetzt suchen wir einen Weg nach unten! Es muss doch einen Fluchtweg geben!"

Auf der anderen Seite des Gebäudes entdeckten sie wieder eine Sprossenleiter. Diesmal ging es noch besser. Sie glitten hinunter und fanden zwei Glastüren, eine mit Knauf und eine mit einer Klinke. Mit zitternden Fingern drückte Akascha die Klinke und diese Tür ging auf. Sie führte in ein kahles, dunkles Beton-Treppenhaus. Der Fluchtweg! Vor Erleichterung sank Akascha beinah zu Boden.

„Komm schon!", rief Jochanan und sprang die Treppen hinunter. Akascha raffte sich auf und rannte hinter ihm her. Sie nahm zwei, drei Stufen auf einmal, lief mit Schwung um die Ecken, schwang sich über das Geländer. Der fünfte Stock, der vierte ... der zweite. Noch ein Stockwerk! Schon sah sie die Tür

169

nach draußen, da stolperte sie. Das war ihr noch nie passiert! Sie spürte noch den Schlag des Aufpralls, als sie die Treppe hinunterstürzte und den plötzlichen Schmerz in ihrem Arm.

Dann wurde alles schwarz.

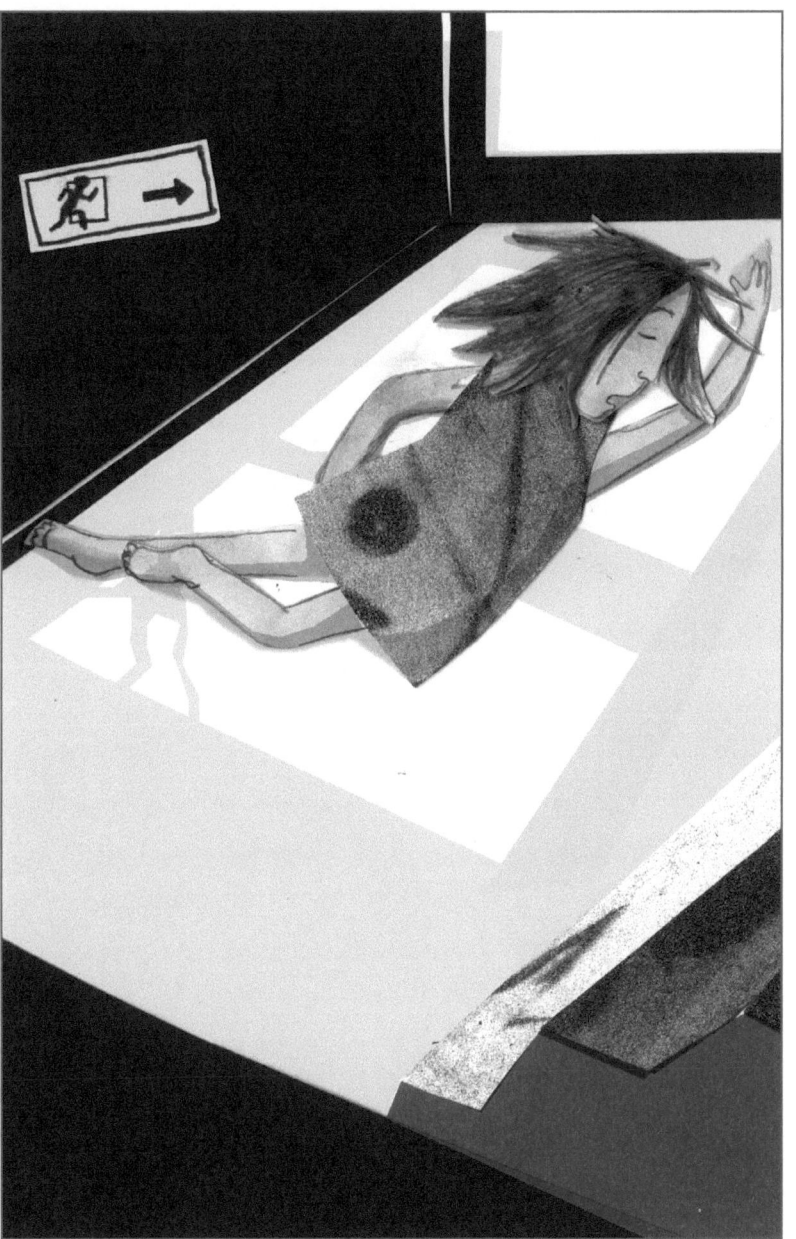

Michael

Rettung in letzter Minute

„Wir haben ein ernstes Problem",
sagte Merlin.

Michael schob sich das letzte Stück Börek in den Mund und
beobachtete kauend seinen großen Bruder, der am anderen
Ende des Sofas saß. Merlin war anscheinend richtig besorgt.
Dabei war das doch völlig unnötig! Michael hatte zwar nur die
Hälfte von dem verstanden, was sie da erzählten, aber immer-
hin hatte er kapiert, dass sie dem Mann mit der schwarzen
Brille entwischen wollten.

„Was ist das Problem?", fragte er mit vollem Mund in die
Runde.

„Na, wie sollen wir hier wohl rauskommen, ohne dass der Typ uns sieht?", antwortete Akascha. Merlin sagte nichts. Wie üblich ignorierte er seinen kleinen Bruder.

Michael ärgerte sich. Ohne mich würden sie nicht einmal wissen, dass dieser Doktor gegenüber im Café sitzt, dachte er.

„Ist doch ganz einfach!", sagte Michael. „Einer geht vor und lockt ihn weg!"

Die anderen drei sahen sich nachdenklich an. „Das ist gar keine so schlechte Idee!", befand Akascha. „Wir könnten einen Treffpunkt ausmachen ... "

„Wo wollt ihr denn hin?", fragte Michael neugierig.

„Das geht dich gar nichts ... "

„Vielleicht doch, Merlin", unterbrach ihn Akascha. „Immerhin hat er uns gewarnt!" Sie wandte sich an Michael. „Wir müssen etwas aus dem Labor holen, in dem dieser Wissenschaftler arbeitet. Heimlich. Ohne dass er es merkt, verstehst du?"

Michael nickte eifrig. Klar verstand er das. Er war nicht so blöd, wie Merlin immer dachte! Er konnte ein Geheimnis bewahren!

„Und danach muss Jochanan zurück nach Hause. Aber der Wissenschaftler darf nicht wissen, wo Jochanan wohnt", fuhr Akascha fort.

„Warum nicht?"

„Weil er ihn verfolgt! Er ist böse, verstehst du? Er will ihn entführen!"

„Warum?"

Merlin seufzte. „Hör auf, ständig zu fragen, Michi! Ist eben so. Du musst nicht alles wissen."

Beleidigt verschränkte Michael die Arme vor der Brust.

„Ich weiß das selbst nicht so genau", warf Jochanan ein.
„Ehrlich!" Er hatte immer noch Klopapier in einem Nasenloch.
Das sah ziemlich uncool aus.

„Bestimmt will er dich entführen, weil du aus der Zukunft
kommst", stellte Michael fest. „Darum behauptet er auch, dass
er mit dir verwandt ist!"
Jochanan und Merlin sahen sich an. Akascha zog die Augenbrauen hoch.
„Woher ..."
„Habt ihr doch eben selbst gesagt! Was für ne Zukunft ist
das überhaupt?"
Merlin seufzte. „Pass auf, ich werd dir alles erklären. Aber
nicht jetzt, okay? Später. Jetzt müssen wir ein paar Sachen
besprechen."
„Versprochen?"
„Versprochen!"

Die nächsten Stunden waren ziemlich langweilig. Erst bespra-
chen Merlin und die beiden anderen ausgiebig, wer den Doktor
weglocken sollte. Als ob irgendjemand anders als Merlin das
machen konnte! Anfangs wollte sein Bruder nicht, aber am
Ende überredeten ihn die anderen. Akascha war ja die Einzige,
die sich in dem Labor auskannte, und Jochanan kam natürlich
nicht infrage.

Danach wechselten sie sich am Fenster ab, für den Fall, dass
der Doktor heraufkam. Michael durfte mit Wache halten. Das
machte aber auch keinen Spaß, weil nichts passierte. Schließlich hockte Michael sich zu den Großen aufs Sofa. Sie saßen
nur da und warteten. Michael rutschte hin und her. Am liebsten

177

wäre er nach Hause gefahren. Sein Blick fiel auf ein merkwürdiges Gerät, das neben Jochanan auf dem Sofa lag. So eine Art Griff, wie ein abgebrochener Joystick. Er nahm ihn in die Hand.

„Gib her! Das ist meins!", sagte Jochanan.

„Was ist das?", fragte Michael neugierig und betätigte einen Schieber. Ein gleißender Lichtstrahl fuhr leise zischend aus dem Griff. Jochanan, der schon die Hand ausgestreckt hatte, fuhr zurück.

„Michi!", rief Merlin. „Lass den Quatsch!"

Michael ließ das Gerät fallen und der Lichtstrahl verschwand.

„Du musst nicht immer alles angrabbeln!", sagte Merlin. „Das ist ein Lasermesser! Das ist gefährlich!"

Michael seufzte und sah auf die Uhr: noch fünf Stunden ...

Endlich war es Abend und damit Zeit loszugehen. „Komm mit", sagte Merlin zu Michael. „Ich bringe dich jetzt nach

Hause." Er steckte das Galileo ein und tauschte das T-Shirt mit Jochanan. Dann tuschelten die beiden leise miteinander. Wahrscheinlich verabredeten sie, wo sie sich später wieder treffen wollten. Michael spitzte die Ohren, konnte aber nur irgendwas mit Garten verstehen.

„Du hast immer noch Hausarrest!", sagte Michael zu Merlin, als sie die Treppe hinunterstiegen.

„Na und?"

„Es ist schon nach neun! Mama lässt dich bestimmt nicht wieder weg, wenn du erst mal zu Hause bist! Du kriegst so was von Ärger!"

„Ich geh gar nicht mit rein", sagte Merlin. „Ich bring dich nur bis zur Tür."

„Dann wird es aber dunkel!"

„Na und?"

Michael sah seinen Bruder ungläubig an. „Du kannst im Dunkeln nicht mehr rausgehen! Da ist doch der streunende Wolf. Der ist gefährlich! Gestern hat er einen Hund getötet, im Tiergarten!"

„So'n Quatsch", sagte Merlin. „Wölfe reißen doch keine Hunde!"

„Doch! Das haben sie sogar im Podcast gesagt! Vielleicht ist er aus einem Wildpark abgehauen. Jedenfalls soll man im Dunkeln nicht mehr draußen sein!"

Merlin zuckte mit den Achseln. „Wölfe sind nicht gefährlich für Menschen, Michi."

„Papa hat aber gesagt ... "

„Papa will doch nur, dass keiner den Wolf verscheucht, damit er ihn endlich fangen kann!" Merlin ging zum Torweg. „Komm schon. Wir müssen jetzt los." Seine Stimme klang nervös.

„Was ist mit meinem Fahrrad?"

„Das holen wir ein andermal ab. Jetzt fahren wir mit der U-Bahn."

Auf der Straße sah Merlin sich immer wieder um. Ab und zu überprüfte er unauffällig das Galileo. Allmählich steckte seine Unruhe Michael an. Irgendwie war es unheimlich zu wissen, dass man von einem Mann mit einer schwarzen Brille verfolgt wurde. Vor allem so spät abends. Wenn Papa das wüsste!

„Siehst du ihn irgendwo?", fragte Michael flüsternd.

„Bis jetzt nicht", antwortete sein Bruder, „komm weiter."

Sie hasteten die lange Straße entlang. Schließlich hielt Merlin an und zog das Galileo aus der Tasche. „Pass auf", sagte er eindringlich, „jetzt kannst du mir helfen, wenn du willst. Da vorn ist die U-Bahn ... "

„Du sollst aber mitkommen!", unterbrach Michael ihn besorgt. Der Gedanke, allein in die U-Bahn zu steigen, gefiel ihm ganz und gar nicht.

„Mach ich auch, keine Sorge. Ich will nur schnell schauen, ob er uns folgt. Ich muss doch Akascha anrufen, damit sie weiß, ob die Luft rein ist!"

Michael nickte. Das hatten sie ja besprochen.

„Also. Du nimmst jetzt den Sender und gehst weiter. Bis zum anderen U-Bahn-Eingang, dem da hinten, siehst du? Einfach die Straße lang."

Michael nickte zögernd.

„Dann gehst du nach unten auf den Bahnsteig. Nicht einsteigen, verstanden? Wenn der Typ dem Sender folgt, dann wird er ja wohl hier irgendwo auftauchen. Ich versteck mich. Sobald ich ihn sehe, gehe ich durch diesen Eingang runter auf den Bahnsteig und wir treffen uns da. Klar?"

Michael nickte. „Und wenn du nicht kommst?"

„Klar komm ich!", sagte Merlin. „Und wenn nicht, dann läufst du einfach durch den Bahnhof durch und kommst hier auf dieser Seite wieder hoch. Dann siehst du mich ja."

„Du gehst aber nicht weg?"

„Nee. Nun geh schon. Lauf. Bis gleich. Und guck dich nicht um, okay? Sonst merkt er noch was."

Widerstrebend ging Michael los. Die Strecke kam ihm endlos vor, dabei war es eigentlich nicht weit bis zum anderen U-Bahn-Eingang, vielleicht 200 Meter. Er passierte einen verwilderten Garten, eine verlassene Schule, ein leer stehendes Grundstück. Die tief stehende Sonne brannte ihm auf die Schultern und warf seinen Schatten auf den Gehweg. Michael stellte sich einen zweiten, größeren Schatten vor, der seinen Schatten verschluckte und beschleunigte seine Schritte.

Endlich erreichte er den Eingang zur U-Bahn. Hastig überquerte er die Fahrbahn und verharrte einen Moment auf der Treppe. Die Straße hinter ihm lag wie ausgestorben da. Oder doch nicht? Da, dieser schwarze Wagen ...?

Michael wartete nicht länger. Unten fuhr gerade ein Zug ein. Er sprang die Treppen hinab. Vom anderen Ende des Bahnsteigs kam Merlin auf ihn zu gelaufen. „Steig ein!", brüllte er schon von Weitem.

Michael zögerte. Das Türsignal leuchtete auf. Da kam Merlin in vollem Lauf angerannt, packte ihn, zerrte ihn zur Tür und hinein in die U-Bahn. Die Türen schlossen sich mit einem Knall. Die Bahn fuhr los.

„War er da?", fragte Michael mit bebender Stimme.

Merlin nickte atemlos. „Im Auto. Ganz plötzlich. Ich fürchte, er hat mich erkannt!"

„Ich hab ihn auch gesehen", sagte Michael. „Glaube ich jedenfalls. Aber jetzt ist er weg, oder?"

Wieder nickte Merlin. Es wirkte nicht überzeugend.

„Er interessiert sich doch gar nicht für uns, oder?", fragte Michael. „Oder, Merlin?"

Merlin antwortete nicht. Er nahm das Galileo und ließ es unter den Sitz fallen. Mit dem Fuß schob er es so weit nach hinten, wie es ging.

Michael wünschte sich, Papa wäre bei ihnen.

Am Hochbahnhof Schönhauser Allee stiegen sie aus und liefen die Treppen hinunter auf die Absperrung zum Prenzlauer Berg zu. Ein Polizist betrachtete sie gelangweilt. Sie überquerten die Straße und erreichten nach kurzer Zeit den klei-

nen Park mit dem Brunnen. Die vertraute Gegend beruhigte Michael ein wenig. Es war albern gewesen, Angst zu haben. Was sollte der Doktor ihnen schon tun? Er überlegte sogar, ob er Merlin nicht doch überreden sollte, ihn mitzunehmen, wenn er sich mit den anderen traf. Vielleicht, wenn er ihm sagte, dass er Mama einen Brief geschrieben hatte, damit sie sich keine Sorgen machte?

Michael war so in Gedanken, dass es ihn völlig unvorbereitet traf, als ihn plötzlich jemand am Kragen packte. Er hätte sicher vor Schreck aufgeschrien, wenn ihm nicht eine große Hand den Mund zugehalten hätte.

„Ich lasse mich nicht gern an der Nase herumführen!", sagte Dr. Paulus grimmig.

Merlin, der vor Michael gegangen war, fuhr erschrocken herum. Er öffnete den Mund, doch bevor er etwas sagen konnte, schüttelte Dr. Paulus energisch den Kopf. „Kein Theater!", warnte er. „Sonst könnt ihr Bengel was erleben!"

„Lassen Sie sofort meinen Bruder los!", rief Merlin empört.

„Ich denke gar nicht daran. Ihr habt mich lange genug in die Irre geführt! Wo ist Jochanan?"

„Keine Ahnung!"

„Du lügst. Ihr wart vorhin noch zusammen!"

„Er ist noch in der Wohnung!"

Lauernd blickte Dr. Paulus Merlin durch seine dunkle Brille hindurch an. „Ach ja? Nun, dann gehen wir jetzt mal gemeinsam dort hin. Aber ich warne euch: Wenn er nicht da ist, könnt ihr was erleben!" Er drehte sich um und zog Michael hinter sich her Richtung Straße. Michael blickte wild um sich. Der Park lag verlassen im letzten Abendlicht. Kein Mensch war zu sehen, der ihnen hätte helfen können.

183

„Sie dürfen uns nicht mitnehmen!", rief Merlin. „Jochanan ist nicht ihr Neffe! Lassen Sie uns gehen!"

Ausnahmsweise war Michael diesmal einer Meinung mit seinem Bruder. Jetzt, dachte er, ist der richtige Moment, das auch zu zeigen. Er zappelte wild in Dr. Paulus' Griff. Dr. Paulus ließ aber nicht los. Stattdessen packte er Michaels Ohr und zog es ruckartig in die Höhe. Michael stieß einen halb erstickten Schmerzensschrei aus.

„Lassen Sie Michi in Ruhe!", brüllte Merlin außer sich.

„Dann sagt mir, wo Jochanan wirklich ist!"

Merlin zögerte.

Sag's ihm, so sag's ihm doch, dachte Michael verzweifelt. Was interessiert mich dieser doofe Jochanan. Ich will nach Hause!

„Sofort!", befahl Dr. Paulus und zerrte noch einmal an Michaels Ohr.

Merlin schwieg.

Michael begann zu schluchzen.

Da ließ Dr. Paulus Michaels Ohr los und drehte ihn um, sodass sein Gesicht jetzt ganz nah war. Michaels weit aufgerissene Augen spiegelten sich in der dunklen Brille. „Vielleicht sagst du mir ja, wo er hingegangen ist?", fragte Dr. Paulus gefährlich leise. „Du warst doch auch in der Wohnung. Wo sind sie hin?"

Zitternd sah Michael zu Merlin hinüber. Der schüttelte heftig den Kopf. Michael schniefte und schwieg. Er konnte ein Geheimnis bewahren. Noch jedenfalls.

Dr. Paulus seufzte und richtete sich auf. Ohne Michael loszulassen, nahm er mit der anderen Hand die Brille ab und steckte sie in die Tasche. Seine Augen waren wässrig und grau

und von Falten umringt. Er rieb sich mit dem Handrücken darüber.

„Ihr versteht das nicht", sagte er. „Ihr habt keine Ahnung,
worum es geht! Seit drei Jahren bin ich diesen Leuten schon
auf der Spur. Sie kommen aus der Zukunft, aber das wisst ihr
vielleicht schon." Er warf Merlin einen prüfenden Blick zu und
nickte, als dieser nicht mit der Wimper zuckte.

„Was ihr wahrscheinlich nicht wisst, ist, dass die Welt auf
eine Katastrophe zusteuert. Habt ihr schon mal was von ökologischen Kipppunkten gehört?" Eindringlich sah er Merlin und
Michael an. „Der Amazonas-Regenwald stirbt! Die Himalaya-
Gletscher schmelzen! Der Meeresspiegel steigt! Weltweit bre-
chen Nahrungsketten zusammen. Das betrifft uns alle. Unsere
Lebensgrundlagen gehen verloren." Wieder seufzte Dr. Paulus.
Er wirkte auf einmal sehr alt und müde. „Diese Prozesse sind
unumkehrbar. Aber wenn wir die Zukunft kennen, können wir
vielleicht retten, was zu retten ist. Und darum muss ich diese
Zeitreisenden finden!" Er zog etwas aus der Tasche, ein kleines
Fläschchen und hielt es hoch. „Es ist unglücklich, dass nur
noch dieses Kind übrig ist", murmelte er, „aber man muss mit
den Mitteln arbeiten, die einem gegeben sind."

„Das Somniavero!", rief Merlin.

Dr. Paulus zog die Augenbrauen hoch. „So nennen sie es? Hmm, Ich-werde-träumen, nicht ganz unpassend. Es muss tatsächlich ein bisschen wie ein Traum sein, durch die Zeit zureisen."

„Sie haben es Jochanan gestohlen!"

Dr. Paulus sah Merlin scharf an. „Sagen wir, ich habe es gefunden. Und analysiert. Ich verstehe jetzt, wie diese Zeitreisen funktionieren. Und ich weiß, dass sich heute um Mitternacht ein Zeittor in die Zukunft öffnen wird. Diese Tore funktionieren nach einem ganz bestimmten Plan. Ich habe das alles genau berechnet."

„Aber Sie wissen nicht, wo!", platzte Merlin heraus.

Dr. Paulus schüttelte den Kopf. „In der Tat. Aber ihr wisst es. Und ihr werdet es mir sagen! Und dann ... "

„Sie wollen durch das Zeittor gehen?"

Dr. Paulus nickte. „Wirst du mir helfen?"

Michael sah Merlin an. Es klang vernünftig, was der Doktor da sagte. Merlin war auch immer so vernünftig. Würde er einsehen, dass der Doktor recht hatte?

Einen Augenblick lang schien Merlin zu schwanken. Doch dann schüttelte er den Kopf. „Es würde Ihnen nichts nützen, in diese Zukunft zu reisen. Man kann die Vergangenheit nicht verändern, das haben Sie selbst gesagt. Nur die Gegenwart. Und wenn Sie das versuchen und da auftauchen, kommt Jochanan vielleicht nie wieder nach Hause zurück!"

Dr. Paulus' Miene verfinsterte sich. Er packte Michael fester und zog ihn dicht zu sich heran. Dann sah er auf seine Uhr. „Schluss mit Reden. Es ist gleich zehn. Mir läuft die Zeit davon. Ihr werdet mir jetzt augenblicklich sagen, was ich wissen will, verstanden? Sonst", er schüttelte Michael einmal, kurz und heftig, „muss ich euch wehtun! Dies ist meine große

Chance! Die letzte Gelegenheit! Die lasse ich mir nicht von euch Bälgern vermasseln. Ich warne euch: Ich habe nichts zu verlieren!"

„Unsere Mutter sucht uns bestimmt schon!", rief Merlin.

Dr. Paulus lächelte grimmig. „Oh ja, das würde sie. Wenn dein kleiner Bruder ihr nicht einen Zettel geschrieben hätte, dass ihr zu Papa in den Zoo gefahren seid. Ich habe die Nachricht in der Türritze gefunden, als ich zurückkam, um meine Autoschlüssel zu holen. Die hatte ich nämlich bei euch in der Wohnung liegen lassen. Deine Mutter war nicht sehr begeistert, aber sonderlich Sorgen schien sie sich nicht zu machen. Wahrscheinlich wartet sie, bis euer Vater mit euch nach Hause kommt, oder vielmehr ohne euch!" Wieder schüttelte er Michael. Sein harter Griff verriet unterdrückte, ohnmächtige Wut.

„Merlin", flüsterte Michael angsterfüllt, „bitte!"

Merlin ballte die Fäuste. „Wenn ich Ihnen sage, wo Jochanan ist, lassen Sie Michael dann nach Hause gehen?"

„Aber sicher!", antwortete Dr. Paulus. „Natürlich!"

„Ehrenwort?"

„Ehrenwort!"

„Also gut ..." In der Ferne schlug eine Turmuhr zehn Mal. Merlin lauschte. Dann schien er einen Entschluss zu fassen. „Jochanan wollte ... er wollte zu Ihnen."

„Zu mir?" Dr. Paulus schien verblüfft.

„Ja. In Ihr Labor an der TU. Er wollte seinen Rucksack holen. Seine Sachen."

„Und danach?"

Merlin zog die Schultern hoch. „Hat er nicht verraten. Er meinte, wir dürften das nicht wissen. Wir sollten Sie nur weglocken."

Michael hielt den Atem an. Das stimmte doch nicht! Welches Spiel spielte sein Bruder da? Und würde Dr. Paulus ihm glauben?

Dr. Paulus nickte. „Also gut. Dann fahren wir jetzt zum Labor."

„Aber Sie haben gesagt ... "

„Keine Diskussionen. Ich habe versprochen, ihn nach Hause gehen zu lassen. Das tue ich auch. Später, wenn ich weiß, dass ihr die Wahrheit gesagt habt."

Ohne weitere Worte zog Dr. Paulus Michael hinter sich her zum Ausgang des Parks. Direkt davor stand eine schwarze Limousine mit getönten Scheiben. In der Dämmerung glühten die Rücklichter rot auf, als Dr. Paulus den Türöffner betätigte. Flüchtig wunderte Michael sich, wie er es geschafft hatte, an der Anwohner-Kontrollstation vorbeizukommen.

Dann öffnete sich der Kofferraumdeckel.

„Nein! Nein! Ich will da nicht rein!", rief Michael und sträubte sich.

Dr. Paulus drehte sich zu Merlin um, der noch immer halb trotzig, halb verzweifelt beim Parktor stand. „Du hast die Wahl. Entweder ihr beide tut, was ich sage und steigt hinten ein, oder ich packe deinen kleinen Bruder in den Kofferraum!"

Die Fahrt zum Labor dauerte nicht lange. Leise schnurrte der große Wagen quer durch den Tiergarten. Die goldene Else auf der Siegessäule glänzte in den letzten Strahlen der Abendsonne. Bei den Brückentoren am Ausgang des Tiergartens passierten sie eine Polizei-Kontrolle. Keiner der Wachhabenden machte sich die Mühe, in den Wagen zu schauen.

„Warum hast du ihn nicht angelogen?", flüsterte Michael, als Dr. Paulus von den Polizisten abgelenkt war.

„Das hätte er doch gemerkt!", hauchte Merlin zurück. „Außerdem sind Jochanan und Akascha bestimmt schon wieder weg. Sie mussten doch nur kurz rein und wieder raus. So verliert er Zeit!"

„Aber was machen wir, wenn sie nicht da sind?"

„Wir müssen ihn irgendwie hinhalten. Sind nur noch zwei Stunden bis Mitternacht. Jetzt sei still, ich versuch mal, das Handy rauszuholen!"

In dem Moment sah Michael Dr. Paulus' Augen im Rückspiegel auf sie gerichtet. Er trug wieder die schwarze Brille. Merlin ließ die Hand sinken, die auf halbem Weg zu seiner Hosentasche war.

Kurze Zeit später bogen sie in einen düsteren Innenhof ein. Kein Licht brannte hinter den Fenstern der hohen Gebäude. Dr. Paulus parkte und führte sie durch eine Glastür und ein kahles Treppenhaus hinunter in den Keller. Dort schloss er eine Tür auf. „Rein mit euch. Ihr wartet da drinnen. Lärmen ist übrigens sinnlos. Im Haus ist niemand außer dem Pförtner, und der sitzt am anderen Ende. Es wird euch also keiner hören, falls ihr hier herumschreit." Damit schlug er die Tür zu und schloss von außen ab.

Michael lauschte auf die sich entfernenden Schritte. Er war erleichtert, dass der Doktor weg war. Wenigstens konnten er und Merlin jetzt reden. Er sah sich nach seinem Bruder um. Es war finster in dem Keller, nur ein schmales, mit einem Gitterkreuz gesichertes Fenster unter der Decke ließ etwas dämmriges Licht herein. Als Michaels Augen sich daran gewöhnt hatten, erkannte er Reinigungsgeräte: Eimer, Besen, Klopapierrollen, eine kleine Leiter.

„Was sollen wir jetzt machen?", fragte er.

Merlin antwortete nicht. Er hatte sein Handy in der Hand und tippte. „Verdammt!", fluchte er kurz darauf. „Kein Empfang. Blöde Betonmauern!"

Michael rüttelte an der Tür, obwohl er wusste, dass sie verschlossen war.

„Wir müssen Akascha und Jochanan irgendwie warnen!", murmelte Merlin. „Nur für den Fall, dass sie doch noch in der Nähe sind." Er trat unter das kleine Fenster. „Michi, komm mal her!", sagte er.

Michael gehorchte.

„Was meinst du, passt du da durch?"

Michael lugte hinauf. „Wie soll ich denn da hochkommen?"

191

„Da ist eine Leiter!"

Das Fenster war unverschlossen. Wenn Michael sich zusammenkrümmte, passte er gerade eben zwischen den Gitterstäben hindurch. Er landete in einem schmutzigen Lichtschacht voller Blätter, Spinnweben und toter Frösche. Über ihm war ein Gitterrost. Aufgeregt stemmte Michael sich dagegen. Der Rost bewegte sich! Er hockte sich wieder hin und sah zu Merlin hinunter in den Kellerraum. „Und was soll ich tun?"

„Du musst sie warnen! Sie wollten von hier aus durch den Tiergarten ge..."

„Durch den Tiergarten? Nachts? Aber was ist mit dem Wolf?"

Merlin stöhnte. „Michi, der macht doch einen weiten Bogen um dich, selbst wenn er da irgendwo ist. Nun stell dich nicht so an! Um Mitternacht muss Jochanan am Brandenburger Tor sein! Wahrscheinlich sind sie sowieso längst unterwegs. Nimm das Handy mit! Sobald du Empfang hast, rufst du sie an!"

Er reichte das Handy durchs Gitter. Michael steckte es in die Hosentasche. „Na gut. Und du?"

„Mach dir keine Sorgen um mich. Ich pass schon auf mich auf. Los, verschwinde, bevor er zurückkommt! Geh schon!"

Michael warf einen letzten Blick zurück in den dunklen Keller, dann stand er auf. Mit einiger Mühe hob er den Gitterrost hoch und kletterte nach draußen. Er befand sich in dem Innenhof, wo Dr. Paulus' Wagen parkte. Michael sah sich um. Auf allen Seiten umzingelten ihn hohe Betonwände. Rechts und links führte je eine Durchfahrt darunter hindurch. Er überprüfte das Handy: kein Empfang.

Auf gut Glück rannte Michael durch eine der Durchfahrten und gelangte in einen anderen, freundlicheren Hof mit rotem

Pflaster. Hier gab es Bänke und Beete und eine Laterne. Und hier hatte er Empfang! Eilig drückte er die Taste mit der Wahlwiederholung. Das Freizeichen ertönte. Und dann klingelte ganz in der Nähe ein Handy!

Verblüfft sah Michael sich um. Das Klingeln kam aus einem Gestrüpp in einem der verwilderten Beete.

„Merlin?", sagte eine gedämpfte Jungenstimme. Das musste Jochanan sein!

„Nein", antwortete Michael leise. „Ich bin es: Michi!"

Hinter den schwarzen Büschen tauchte eine helle Gestalt auf.

„Was machst du denn hier?", fragte Jochanan.

„Du musst abhauen! Der Doktor ist da! Er ist dir auf der Spur!", sprudelte es aus Michael heraus.

„Was? Wo ist Merlin?"

„Dr. Paulus hat uns erwischt! Merlin ist gefangen, da hinten im Keller! Wir mussten ihm verraten, wo ihr seid!"

Jochanan fuhr sich mit beiden Händen in die Haare. „Na toll", sagte er mit einem Anflug von Panik. „Klasse. Was soll ich jetzt machen? Ich kenne den Weg doch nicht! Und Akascha ... Hast du das Galileo?"

Michael schüttelte den Kopf. „Das hat Merlin in der U-Bahn gelassen, um Dr. Paulus wegzulocken. Wo ist denn Akascha?"

„Liegt da hinten in den Büschen und blutet am Kopf. Sie ist ohnmächtig, weil sie die Treppe heruntergefallen ist. Ich habe es gerade eben noch geschafft, sie bis hierher zu schleppen!"

Jochanan knetete seine Unterlippe und überlegte. Endlich fasste er einen Entschluss. „Komm mit. Zeig mir den Weg. Schnell, wir müssen Merlin da rausholen!"

„Er ist doch eingesperrt!", keuchte Michael, während er mit Jochanan zurück in den anderen Hof lief.

193

„Dann schneiden wir eben das Schloss auf!", sagte Jochanan und zog sein Lasermesser aus der Tasche.

Doch kaum hatten sie die Tür zum Keller erreicht, ging drinnen im Treppenhaus das Licht an. Ein Schatten bewegte sich nach unten.

„Weg hier!", zischte Jochanan.

Sie rannten wieder durch die Durchfahrt und sprangen in die Büsche. Michael lauschte: keine Schritte auf dem Hof. Alles blieb ruhig. Ein Stück weiter weg lag Akascha auf dem Erdboden und stöhnte. Jochanan kniete neben ihr nieder und legte ihren Kopf vorsichtig auf seinen Schoß. Mit dem Ärmel wischte er das Blut weg. „Schhht!", versuchte er, sie zu beruhigen. „Leise. Sei still! Kannst du mich hören?"

Akascha stöhnte noch einmal und öffnete die Augen.

„Alles klar?", fragte Jochanan besorgt.

„Mein Arm tut weh!"

„Ist er gebrochen?"

„Keine Ahnung." Sie bewegte vorsichtig die Finger. „Ich glaube nicht. Tut aber weh."

„Kannst du laufen? Michael ist hier. Und Dr. Paulus! Wir müssen abhauen!"

„Scheiße! Was ist mit Merlin?"

„Er ist in einem Keller eingesperrt. Dr. Paulus hat ihn erwischt."

Akascha setzte sich auf und kam mühsam auf die Knie.

„Geht's wieder?", fragte Jochanan.

Sie nickte und verzog das Gesicht.

„Kopfschmerzen. Geht schon. Wir müssen Merlin befreien!"

Jochanan schüttelte den Kopf. „Keine Chance. Wir waren eben da, aber in dem Moment kam jemand die Treppe runter. Bestimmt der Paulus! Wir müssen sofort abhauen!"

„Aber wir können ihn doch nicht einfach im Stich lassen!"

Jochanan sah sie gequält an. „Er wird ihm schon nichts tun", sagte er tonlos. „Bestimmt nicht."

Michael schluckte. Er war sich da nicht so sicher. Auf einmal spürte er einen dicken Kloß im Hals. „Ich hole Hilfe", sagte er mit erstickter Stimme. „Ich geh zum Zoo! Der ist doch hier in der Nähe. Papa ist da!"

„Nein!", sagten Jochanan und Akascha wie aus einem Mund. „Nein, das geht nicht!", wiederholte Akascha. „Das Zeittor! Sie dürfen Jochanan doch nicht erwischen!"

„Und dich auch nicht!", ergänzte Jochanan. „Oder?"

Akascha sah Jochanan überrascht an.

„Stimmt", sagte sie. „Sie würden keinen von uns einfach gehen lassen."

„Aber was ist mit Merlin?", fragte Michael ängstlich.

„Ich glaube, Jochanan hat recht", antwortete Akascha nachdenklich. „Wenn wir erst mal weg sind, ist Merlin uninteressant für Dr. Paulus."

„Apropos weg ..."

„Okay, okay." Akascha rappelte sich auf.

Sie lauschten in die Nacht. Nach wie vor war alles still.

„Wollen wir?"

Akascha nickte und berührte Jochanan leicht am Arm. „Vielen Dank, dass du mir geholfen hast!", sagte sie ernst. „Da oben. Und hier unten!"

Jochanan wurde rot. „Ihr helft mir doch auch!", sagte er unbeholfen. Dann grinste er plötzlich. „Du bist ganz schön schwer!"

Akascha stutzte. „Alles Muskeln!"

„Natürlich!", pflichtete Jochanan ihr ironisch bei.

Akascha lächelte und sah zu Boden.

„Übrigens, wenn wir dieses Zeug gefunden hätten und wenn du es nicht gebraucht hättest", sagte sie, ohne Jochanan anzuschauen, „dann wäre ich mitgekommen in deine Zukunft. Ich wollte es dir eigentlich nicht sagen, vorher. Aber jetzt ist es ja egal."

Michael spitzte die Ohren. Hatten die beiden im Labor etwa das kleine Fläschchen gesucht, das der Doktor vorhin in der Hand hatte? Er räusperte sich. „Falls ihr das Sonnidingsbums meint, das hat der Doktor in der Tasche!"

Ruckartig drehten Akascha und Jochanan sich zu ihm um. „Was?"

„Ja! Er hat es uns gezeigt. Er sagte, er will auch mit in die Zukunft reisen. Wegen irgendwelcher Katastrophen-Kipppunkte. Oder so ähnlich."

„Er will die Vergangenheit verändern!", flüsterte Jochanan.

„Du meinst die Gegenwart? Geht das?", fragte Akascha.

„Eure Gegenwart. Meine Vergangenheit!" Jochanan zuckte die Schultern. „Ist auch egal. Er weiß ja nicht, wo das Tor ist." Er drehte die Hand und blickte auf seinen Unterarm, wo etwas auf seiner Haut aufleuchtete. „Wir müssen los! Wenn wir uns nicht beeilen, ist sowieso alles zu spät. Wir haben nur noch eine Stunde!"

„Das reicht locker", sagte Akascha. „Kommt mit!"

Michael zögerte. Sollte er den beiden folgen oder bei Merlin bleiben? Aber der war ja im Keller gefangen! Und die Vorstellung, hier ganz allein auf dem nächtlichen Uni-Gelände in der Nähe des Doktors zu warten, war unerträglich. Michael beeilte sich, hinter den anderen herzulaufen.

Akascha führte sie quer durch das Gewirr der verlassenen Universitätsgebäude, vorbei an Toren und Mauern und kleinen Gassen mit gelben Laternen. Über eine lange, kopfsteingepflasterte Straße erreichten sie ein offenes Metalltor. Dahinter war eine Kreuzung. Mitten darauf stand ein Polizeiauto.

„Verdammt!", flüsterte Akascha. „Jetzt müssen wir einen Umweg machen!"

Ein Stückchen weiter weg überquerten sie im Schutz der Finsternis die Straße, schlichen zwischen hässlichen alten Gebäuden hindurch und kamen schließlich an einen breiten Kanal. Jenseits brauste der Verkehr, diesseits führte eine kleine Gasse am Wasser entlang. Die Lichter von Wohn-

197

schiffen blinkten durch die Bäume am Ufer. Enten quakten im Dunkel.

„Hier entlang!"

Sie liefen die Straße hinunter, unter einer Eisenbahnbrücke hindurch, in einen Park hinein. Schwer atmend hielt Akascha vor einem hohen, verschlossenen Gittertor an.

„Müssen wir da rüber?", fragte Jochanan.

Akascha schüttelte den Kopf. „Da geht's zum Zoo. Wir gehen hier links über die Fußgängerbrücke!"

Doch die war mit einem orange-weißen Band abgesperrt. Ein Schild verkündete: Betreten verboten.

„Was soll das denn?", sagte Akascha ärgerlich und schlüpfte unter der Absperrung durch. Die anderen folgten. Mit raschen Schritten überquerten sie den Kanal. Mondlicht glitzerte silbrig auf dem Wasser. Dahinter lag der Park einsam in der Nacht.

„Ist das hier der Tiergarten?", fragte Jochanan.

„Ja", sagte Akascha einsilbig. Sie schien zu lauschen. Michael atmete durch den Mund, um besser hören zu können. Wasser plätscherte. Es knackte leise in den Rhododendron-Büschen. In der Ferne ertönte eine Polizeisirene.

„Das gefällt mir nicht", murmelte Akascha.

„Was?", fragte Jochanan nervös.

„Es ist zu ruhig. Sonst sind hier immer irgendwelche Leute."

Der Wolf!, dachte Michael. Hier im Tiergarten hat er den Hund getötet. Darum ist alles abgesperrt! Sollte er den anderen Bescheid sagen? Merlin war zwar sicher, dass der Wolf ihnen aus dem Weg gehen würde, aber ...

„Die Leute sind nicht da, weil hier der Wolf herumstreunt!", sagte er nach kurzem Zögern.

„Ein Wolf?", fragte Jochanan ungläubig. „Mitten in der Stadt?"

Akascha pfiff leise. „Michael hat recht! Das habe ich auch gehört. Er soll einer läufigen Hündin gefolgt sein. Und jetzt findet er nicht wieder aus der Stadt heraus, vermuten sie."

„Können wir einen anderen Weg gehen?"

Akascha blickte auf ihre Uhr. „Dazu ist es jetzt zu spät. Das schaffen wir nicht mehr."

Die Kinder sahen sich an.

„Papa sagt, Wölfe greifen keine Menschen an", meinte Michael.

„Außerdem sind wir ja zu dritt!", ergänzte Jochanan.

„Also los!", sagte Akascha entschlossen.

Sie wandten sich nach rechts und folgten dem Kanal. Bald kamen sie an eine Kreuzung und bogen links in einen gewundenen Weg ein, der sie tiefer in den Park führte. Der helle Kiesboden leuchtete knochenweiß im Mondschein. Unter den Büschen links und rechts war es finster. Die Kinder beschleunigten ihre Schritte. Nach einer Weile lichtete sich das Gebüsch, wurde zu offenem Wald, dann zu einer Graslandschaft mit einzelnen alten Bäumen. Eine Zeit lang liefen sie neben einem kleinen Flüsschen her. Auf einer Wiese dahinter stand mit wachsam erhobenen Köpfen ein Rudel Rehe. Als sie näher kamen, flüchteten die Tiere mit langen Sätzen.

„Ist es noch weit?", fragte Jochanan, als sie ein gutes Stück hinter der Siegessäule waren.

„Ich glaube nicht", antwortete Akascha ohne innezuhalten. „Da vorn sieht man schon die Lichter. Aber wir sind einen Umweg gegangen. Wir hätten vorhin nicht abbiegen sollen."

Rechts waren jetzt die Umrisse riesiger Figuren zu erkennen, ein Kreis von gigantischen Steinen. Akascha hielt an. „Hier

wollten wir Merlin treffen", murmelte sie. „Ich hoffe nur, es geht ihm gut."

„Und wieso sollte es mir nicht gut gehen?", fragte eine bekannte Stimme übermütig aus der Dunkelheit. Merlins Gestalt löste sich von einem der Steine.

„Merlin!"

„Wo kommst du denn her?"

„Wie bist du aus dem Keller entkommen?"

Die Kinder redeten aufgeregt durcheinander, während sie Merlin umringten.

„War gar nicht so schwierig", berichtete er. „Kurz, nachdem Michi weg war, kam Dr. Paulus wieder. Natürlich war er stinkwütend. Aber was sollte er schon machen? Er schimpfte und drohte mir und dann wollte er, dass ich wieder ins Auto steige. Da hab ich mich einfach losgerissen und bin schnell weggerannt. War kein Problem, nachdem Michi abgehauen war!"

„Ich hab sie gewarnt, Merlin!", rief Michael stolz. „Ich hab sie gefunden!"

Merlin klopfte ihm auf die Schulter. „Gut gemacht, Michi!", sagte er. „Das hast du echt gut gemacht!" Dann wandte er sich an Jochanan. „Alles klar, so weit?"

Jochanan nickte. „Ich bin froh, dass du entkommen bist!", antwortete er. „Wirklich! Ich habe mir Sorgen gemacht. Und ich wollte dich auch gern noch mal sehen. Mich bei dir bedanken und so ..."

„Ich will ja nicht stören, Leute", unterbrach Akascha unruhig, „und ich freu mich auch, Merlin zu sehen! Aber wir sollten jetzt wirklich weitergehen!"

„Absolut!", stimmte Merlin zu. „Noch eine Viertelstunde bis Mitternacht! Das schaffen wir gerade."

Sie trabten los. Michael hielt sich dicht neben seinem Bruder. Er fühlte sich jetzt viel sicherer. Nie hätte er geglaubt, dass er einmal so glücklich sein würde, Merlin zu sehen!

„Dahinten, das ist das Brandenburger Tor!", sagte Merlin nach kurzer Zeit und zeigte auf ein hell angestrahltes, riesiges Gebäude zwischen den Bäumen.

„Unter welchem Bogen ist es eigentlich?", fragte Akascha.

„Wie, unter welchem Bogen?", wollte Jochanan wissen.

„Na, das Brandenburger Tor hat doch fünf Bögen!"

„Stimmt!" Jochanan lachte nervös. „Ich habe keine Ahnung. Aber man erkennt das Zeittor sofort. Es leuchtet!"

„Das tut das Brandenburger Tor sowieso. Es ist nachts immer beleuchtet!"

Jochanan wurde langsamer. „Wirklich? Bei uns nicht! Nachts ist immer alles dunkel!"

„Ist ja krass!", sagte Merlin.

„Kommt weiter, wir haben keine Zeit!", drängte Akascha. „Wir werden es schon sehen." Sie begann zu laufen.

Die anderen hasteten hinter ihr her. Ein Stück weiter konnte man jetzt deutlich die massigen, von unten erleuchteten Torbögen des Bauwerks erkennen. Auf halbem Weg davor, kurz vor dem Ausgang des Parks, ragte etwas in die Höhe: ein dunkler Umriss, wie ein großes Tier mitten auf dem Weg. Michael kniff die Augen zusammen. Der Umriss bewegte sich nicht. Er sah aus wie ein Löwe, ein Löwe auf einem Sockel. Natürlich, ein Standbild! Eines von vielen im Park. Akascha eilte daran vorbei, dicht gefolgt von Jochanan und Merlin. Michael beeilte sich, um nicht zurückzubleiben.

Doch was war das? Auf einmal bewegte sich das Standbild doch! Stumm vor Schreck blieb Michael stehen. Ein Schatten

glitt seitlich hervor und erreichte Jochanan. Ein Schreckensschrei erklang. Michael bekam eine Gänsehaut im Nacken. War das?

Nein. Nicht der Wolf.

Aber fast genauso schlimm: Dr. Paulus! Im Licht des Vollmonds war er deutlich zu erkennen. Er trug seine schwarze Brille und hielt Jochanan eisern umschlungen. Akascha und Merlin standen einige Meter entfernt, die bleichen Gesichter ihm zugewandt.

„Hab ich dich endlich erwischt!", zischte Dr. Paulus. „Also raus mit der Sprache: Wo ist das Tor?"

„Lassen Sie ihn sofort gehen!", drohte Merlin, „sonst ..."

„Was sonst?", höhnte Dr. Paulus. „Ohne mich geht er nirgendwo hin! Ihr glaubt wohl, ihr seid sehr schlau! Von wegen, ihr habt keine Ahnung, wo er hin will! Ich bin dir gefolgt. Natürlich habe ich dich absichtlich laufen lassen! Ich wusste, dass du mich zu dem Zukunftskind führst!" Er lachte triumphierend. „Und jetzt gehen wir schön gemeinsam zum Zeittor! Wir haben noch fünf Minuten. Es muss hier ganz in der Nähe sein. Wo ist es, hm? Doch nicht etwa?"

Er stutzte und sah sich langsam um. Jochanan musste sich durch einen unwillkürlichen Blick verraten haben!

„Das Brandenburger Tor!" Dr. Paulus pfiff durch die Zähne. „Ganz schön frech. Mitten in Berlin! Und ganz schön schlau. Da fällt es kaum auf, wenn ein paar Zeitreisende herumschleichen! Also los!"

Er machte Anstalten, Jochanan hinter sich her zum nahen Ausgang des Parks zu zerren, dorthin, wo das Tor jetzt noch heller leuchtete als zuvor.

Doch da stürzten Akascha und Merlin sich wie die Furien auf Dr. Paulus. Verbissen zerrten sie an seinen Armen und seinem Hals. Einen Moment lang sah es fast so aus, als gelänge es ihnen, den Mann zu überwältigen, als könne Jochanan sich vielleicht losreißen.

Dann wichen sie schlagartig zurück. Dr. Paulus hielt einen Revolver in der Hand und er zielte auf Jochanans Schläfe! „Ich habe euch doch gesagt, ich habe nichts zu verlieren!", keuchte er. „Niemand weiß, dass es ihn gibt! Eher erschieße ich ihn, als dass er mir noch einmal entkommt!" Er gab Jochanan, der vor Schreck wie erstarrt in seinem Griff hing, einen Stoß. „Vorwärts. Entweder wir gehen zusammen durch dieses Tor oder keiner von uns beiden geht!"

203

Jochanan gehorchte. Langsam und niedergeschlagen ließ er sich von Dr. Paulus fortführen. Akascha und Merlin traten widerstrebend beiseite. Sie waren besiegt.

Just in diesem Moment sah Michael auf einmal eine Bewegung in den Büschen. Zwei Punkte glühten im Dunkeln, verschwanden, tauchten wieder auf. Etwas raschelte leicht. Michael erstarrte. Was war das?

„Was zum Teufel ... ", knurrte Dr. Paulus und hielt an. Michael lauschte. Jetzt hörte auch er die Leute. Viele Leute, die langsam näher kamen. Von rechts und links und vom Eingang des Parks her streiften sie durch die Büsche, riefen und schlugen ins Geäst. Sie machten einen Heidenlärm.

„Der Wolf!", rief Michael aus. „Der Wolf! Sie kommen, um den Wolf zu fangen!"

Und es war, als hätte der Name eine magische Wirkung. Als hätte der Wolf ihn gehört, glitt er lautlos aus dem Gebüsch und blieb mitten auf dem mondbeschienenen Weg stehen. Er war groß und grau und mager. Seine Ohren waren flach zurückgelegt, die Zähne drohend entblößt. Mit leuchtenden gelben Augen starrte er die Menschen an, die ihm den einzigen Fluchtweg versperrten.

Dr. Paulus taumelte unbeholfen zurück. Er schien panische Angst vor dem Wolf zu haben. Mit einem erstickten „Nein!"

stieß er Jochanan von sich und hob abwehrend die Hände. Leise wimmernd stolperte er Schritt um Schritt rückwärts, bis er mit dem Rücken am Sockel der Löwenstatue stand. Ohne den Wolf aus den Augen zu lassen, versuchte er, mit unbeholfenen Bewegungen nach oben zu klettern.

„Jochanan, komm her", flüsterte Merlin. „Langsam, gut so! Ganz ruhig. Der Wolf hat nur Angst!"

Einen endlosen Moment lang standen sie einander still gegenüber, die vier Kinder und der Wolf. Dann verschwand das Tier so plötzlich und so unhörbar, wie es gekommen war, im Gebüsch. Der Weg zum Tor war frei!

„Lauf!", schrie Merlin.

Jochanan sprintete los. Akascha folgte ihm.

„Komm! Schnell!", rief Merlin und ergriff Michaels Hand. Gemeinsam rannten sie hinter den anderen her. Jochanan und Akascha hatten schon den Ausgang des Parks erreicht und überquerten den großen, halbrunden Platz vor dem Brandenburger Tor. Ein paar Leute standen am Rand und staunten. Merlin und Michael drängten sich vorbei. Das Tor strahlte jetzt so hell, dass Michael die Augen zukneifen musste. Und mitten in dem Gleißen erschienen Umrisse, so als würde das Licht sich verdichten und Menschengestalt annehmen.

„Papa! Papa!", rief Jochanan und lief auf das Licht zu. Da löste sich eine schlanke Figur aus den Schatten seitlich des Tors und eilte auf Jochanan zu.

„Jochanan!"

Jochanan drehte sich um.

„Mama!" Er rannte auf die Frau zu und warf sich in ihre Arme. „Mama!", schluchzte er. Und dann war auch der Mann bei ihnen und umarmte sie alle beide.

Jochanan hatte seine Familie wieder!

Merlin hielt inne. Michael schmiegte sich an ihn. Wie gut, dass sein großer Bruder da war! Wie gut, dass er nicht allein war, hier mitten in der Nacht auf diesem großen Platz vor dem leuchtenden Zeittor!

Schließlich löste Jochanan sich aus der Umarmung seiner Eltern. Suchend sah er sich um. „Merlin!", rief er, „komm her! Komm!"

Michael hielt Merlin fest. „Geh nicht!", bat er. Merlin drückte seine Hand und trat ein paar Schritte vor.

Jochanan flüsterte seinen Eltern etwas zu. Seine Mutter nickte. Da kam Jochanan angerannt und umarmte Merlin ungestüm. „Danke!", sagte er. „Danke, für alles!" Hastig drückte er Merlin etwas in die Hand.

Seine Eltern hatten sich schon umgedreht und schritten auf das Tor zu, vorbei an Akascha, die mitten auf dem Platz stand und mit offenem Mund auf das strahlende Brandenburger Tor starrte. Jochanan lief hinter ihnen her. Bei Akascha hielt er an. Die beiden wechselten ein paar Worte. Was hatte sie vorhin zu Jochanan gesagt?

Ich wäre gern mitgekommen in deine Zukunft.

Jetzt umarmte sie Jochanan und er rannte zu seinen Eltern zurück. Er drehte sich noch einmal um und winkte. Die drei tranken etwas, fassten sich an den Händen und verschwanden

unter einem der seitlichen Torbögen außer Sicht. Einen Augenblick später glühte das Tor noch heller auf als vorher. Dann verblasste es.

„Puuh." Langsam entließ Michael die Luft aus seinen Lungen. „Jetzt ist er weg!" Er war sich gar nicht bewusst gewesen, dass er den Atem angehalten hatte! Um ihn herum begannen Leute auf den Platz zu laufen. Vereinzelt brandete Applaus auf. Jemand rief: „Sie haben ihn erwischt!"

„Was macht Akascha denn da?", fragte Merlin verwundert.

Michael sah wieder zu Akascha hinüber. Sie hielt irgendetwas in der Hand und ging mit langsamen Schritten auf das immer noch schwach leuchtende Tor zu. Als sie den rechten Bogen erreicht hatte, drehte sie sich um. Ihr suchender Blick fand Merlin. Sie hob zeigend die Hand hoch, lächelte und winkte kurz.

„Akascha! Nein!", hauchte Merlin.

„Was ist denn los?", fragte Michael.

„Das Somniavero", sagte Merlin fassungslos. „Sie hat Dr. Paulus das Somniavero aus der Tasche geklaut!" Er ließ Michaels Hand los und begann zu rennen.

Aber Akascha war viel zu weit entfernt. Lange bevor Merlin in ihre Nähe kam, trat sie unter das Tor. Sie führte das Somniavero zum Mund und fiel zu Boden. Ihre Gestalt leuchtete hell auf und verschwand. Noch einmal erstrahlte das Tor.

„Nein! Akascha, nein!", schrie Merlin.

„Merlin!", rief Michael.

„Nein!", jammerte eine Gestalt, die gerade in diesem Moment in vollem Lauf ebenfalls das Tor erreichte: Dr. Paulus, der anscheinend seine Panik vor dem Wolf doch noch überwunden hatte. Verzweifelt warf er sich in das schwindende Licht. Nichts geschah. In fliegender Hast durchwühlte er seine Taschen. „Nein!", stöhnte er noch einmal.

Das Licht erlosch. Und Dr. Paulus war immer noch da, ganz klein, auf den Knien unter dem riesigen Brandenburger Tor.

„Michael!", rief eine Männerstimme. „Michael!"

Michael fuhr herum. Da war Papa! Sein Vater! Groß und stark und kratzig. Mit schnellen Schritten kam er auf Michael zu und hob ihn von den Füßen hoch in seine Arme.

„Papa!", flüsterte Michael und rieb sein Gesicht an Papas Dreitagebart.

„Und wieso habt ihr den Wolf mitten in der Nacht gejagt?", fragte Michael.

„Na ja", antwortete sein Vater, „tagsüber hat er sich immer irgendwo versteckt. Aber wir wussten, dass er nachts im Tiergarten herumschleicht. Also haben wir eine Treibjagd gemacht. Mit Erfolg, wie du siehst!" Er deutete auf den Wolf, der ausgestreckt zu seinen Füßen lag. Seine Brust hob und senkte sich schwach. Im Hals steckte ein Betäubungspfeil.

Papa schüttelte den Kopf. „Dass ihr euch ausgerechnet hier herumtreibt! Die halbe Berliner Bereitschaftspolizei hat nach euch gesucht. Mama war verrückt vor Sorge, als sie erfuhr, dass ihr gar nicht bei mir seid!"

Michael und Merlin ließen die Köpfe hängen. „Tut mir leid, Papa", sagte Michael schuldbewusst.

„Na, die Hauptsache ist, dass es euch gut geht!" Mit finsterem Blick sah Papa hinüber zu Dr. Paulus, der niedergeschlagen auf dem Rücksitz eines Polizeiautos saß und halblaut vor sich hinmurmelte.

„Wir hätten die Zukunft verändern können", wiederholte er immer wieder. „Wir hätten die Zukunft verändern können!"

„Am einfachsten verändert man die Zukunft, indem man hier und jetzt etwas tut! Und zwar etwas Gutes!", sagte eine Polizistin streng und schlug die Autotür zu.

„Ich verstehe immer noch nicht, was dieser Wissenschaftler von euch wollte", wunderte sich Papa. „Warum war er überhaupt hinter eurem Freund her? War er wirklich sein Onkel?"

Michael und Merlin sahen sich an. „Ähm", sagte Merlin, „das erklären wir dir später zu Hause in Ruhe, okay?"

Michael nickte eifrig. Er riss den Mund auf und gähnte auffällig. „Jetzt sind wir viel zu müde!"

Papa warf ihm einen misstrauischen Blick zu. „Na gut. Jedenfalls kriegt dieser Doktor eine Anklage an den Hals. Kinder mit einer Waffe zu bedrohen!"

„Es war doch nur ein Spielzeugrevolver, Papa", sagte Merlin.

„Trotzdem!", antwortete Papa hart und bückte sich, um den bewusstlosen Wolf ins Auto zu heben.

Kurz darauf saßen sie auf dem Rücksitz und warteten, während Papa den Wolf in den Zoo brachte. Michael war hellwach. „Du, Merlin?", sagte er und stupste seinen Bruder an, der mit halb geschlossenen Augen dasaß.

211

„Hm?"

„Was hat Jochanan dir eigentlich geschenkt?"

Merlin stöhnte und richtete sich auf. „Mann, das hab ich ja vollkommen vergessen!" Rasch zog er ein kleines, in schmuddeliges Schreibpapier eingewickeltes Paket aus der Tasche und packte es aus.

Es war Jochanans Lasermesser.

Auf dem Papier war in krakeligen Buchstaben mit Bleistift eine Botschaft geschrieben:

Anja Stürzer

Anja Stürzer studierte englische und italienische Literaturwissenschaft mit Schwerpunkt Erzählforschung und arbeitet als Journalistin, Lektorin und Filmkritikerin. Als Autorin veröffentlicht sie Biografien, wissenschaftliche Artikel zur Phantastik sowie Kurzgeschichten. Für Somniavero erhielt sie 2012 u.a. den Nachwuchspreis der Deutschen Akademie für Kinder- und Jugendliteratur. Sie lebt mit Mann, drei Hunden und zwei Katzen in Hamburg. Website: www.somniavero.wordpress.com.

Julia Dürr

Julia Dürr studierte Illustration in Münster und Brüssel. Für ihre Arbeit wurde sie durch die Stiftung Buchkunst und durch die Akademie für Kinder- und Jugendliteratur ausgezeichnet und erhielt den Österreichischen Preis für Kinder- und Jugendliteratur. Heute lebt und arbeitet sie als Illustratorin in Berlin und in der Niederlausitz.

Tom C. Winter

Lena Eichhorn und die Frostkriege

Eichhörnchen halten keinen Winterschlaf.

Sie haben Wichtigeres zu tun ...

Die elfjährige Lena fühlt sich einsam. Seit dem Umzug nach Irland streiten ihre Eltern ständig, und in der Schule findet sie keine Freunde.

Statt nach Hause zu gehen, beobachtet sie lieber Eichhörnchen im Park. Als eins davon sie beißt, ahnt sie nicht, welche Folgen das haben wird: Pinselohren, Puschelschwanz, rotes Fell und scharfe Krallen – bei Vollmond verwandelt sie sich selbst in ein Eichhörnchen!

Im Mondlicht gleich hinter dem Gartenzaun kommt Lena alten Geheimnissen auf die Spur und findet neue, mutige Freunde. Gemeinsam stellen sie sich einer großen Bedrohung ...

296 Seiten, 14,50 Euro, ISBN 9783939556848

Oldib Verlag - info@oldib-verlag.de - www.oldib-verlag.de